낯선 것에 능숙해지기

구자인혜 산문집

청어

낯선 것에 능숙해지기

구자인혜 지음

발행처 · 도서출판 청어
발행인 · 이영철
영　업 · 이동호
기　획 · 최윤영 | 김흥순
편　집 · 김영신 | 방세화
디자인 · 김바라 | 오주연
제작부장 · 공병한
인　쇄 · 두리터

등　록 · 1999년 5월 3일(제22-1541호)

1판 1쇄 인쇄 · 2011년 12월　1일
1판 1쇄 발행 · 2011년 12월 10일

주소 · 서울시 서초구 서초동 1588-1 신성빌딩 A동 412호
대표전화 · 586-0477
팩시밀리 · 586-0478

블로그 · http://blog.naver.com/ppi20
E-mail · ppi20@hanmail.net
ISBN · 978-89-94638-76-8 (03810)

이 책은 IFAC 인천문화재단의 지원을 받아 제작되었습니다.

낯선 것에
능숙해지기

| 작가의 말 |

내게 문학이란

사람들은 집을 짓는다. 모양과 형식의 차이는 있어도 누구든 그 집이 편안하고 아늑한 집이길 원한다. 벽돌 한 장, 디딤돌 하나, 기둥 한 개라도 아무 곳에나 쓰지 않는다. 터를 가다듬고 좋은 자재를 써서 편리하면서 세련된 외양을 갖추려 애쓴다. 지어놓은 후에는 아쉬운 부분이 있더라도 애착을 갖고 늘 관심을 기울이면서 주인의 숨결이 스며들게 만든다.

아주 오래전 일이지만 아직도 생생하게 떠오르는 기억이 있다. 지금은 잠실로 이사를 갔지만 내가 고등학교를 다닐 때는 모교인 정신여고가 종로5가 연건동에 있었다. 가랑머리 꼭꼭 다잡아 땋고 빳빳한 흰 칼라의 교복을 입은 우리는 옛 건축물인 교사에서 공부했다. 2학년 때 90주년 기념식을 했으니 교사는 거의 1세기를 버텨온 셈이었다. 오래된 목조건물이라 청소 시간에는 교실 바닥을 왁스로 걸레질하며 윤을 냈다.

소운동장에는 오래된 회양목 그늘 밑으로 벤치가 있었다. 청소를 끝낸 우리는 그곳에서 이야기를 나누었다. 교칙이 엄해 조신한 몸가짐을 종용받았지만 그 시간만큼은 마음껏 큰소리로 말하고 소리 내어 웃었다. 그땐 정말 낙엽이 떨어지는 것만 봐도 우스웠다. 친구들과 웃고 떠들다 보면 서쪽 하늘이 홍조를 띤 금빛으로 물들어갔고, 노을은 천천히 도심의 건물로 스며들었다. 친구들과 나는 이야기를 나누다가 고색창연한 목조건물로 금빛 노을이 조금씩 내려앉는 모습을 숨을 죽이고 쳐다보았다. 그 모습은 너무나 장엄했다. 순간 가슴이 비어오고 아련해졌다. 시간이 흐르고 세월의 무게가 쌓일수록 아름다움이 깊어지는 목조건물의 품격이 느껴졌다.

나는 오늘도 문학이라는 집을 짓는다. 벽돌을 한장 한장 쌓는다. 내가 지은 집이 다른 작가들의 집처럼 화려하고 거창하지는 않더라도 반듯함이 있는 집이라 믿는다. 모나지 않게 사람들과 너울너울 살아낸 흔적이 구석구석 배어 있기 때문이다. 바람이 있다면 '작가 구자인혜'라는 집이 살아갈수록 연륜과 품격이 드러났으면 좋겠다. 특별한 서사 구조는 아니어도 문장에 진솔함이 담겨 있는, 파격과 변칙은 없어도 평범함 속에 개성이 느껴지는, 행간에 시간의 깊이가 스며 있는, 여고시절 보았던 목조건물을 닮은 그런 집을 짓고 가꾸고 싶다.

구자인혜

# 낯선 것에 능숙해지기

contents

제1부

삼월

오랜만에 호수공원을 걸었다. 겨우내 얼었던 땅은 녹아 있었고 겨울잠에서 깬 철 없는 개구리들이 세상을 궁금해했다. 흙길 산책로로 들어섰을 때, 칼칼한 바람이 귓가를 스쳤다. 날 선 바람 한 줌 옷깃 속으로 파고들었다. 시린 날씨 끝의 온기. 사나운 갈기 뒤 감추어진 나긋함. 긴 겨울 뒤로 조심스레 따라온 봄이었다.

노란 산수유가 남쪽 마을에서 꽃소식을 가져왔다. 목련 가지 하얀 움 트고, 거미줄 닮은 도로에 아지랑이가 아른댄다. 말랑말랑 나른나른 느슨한 오후. 살구색 실크 스카프 두르고 발걸음 옮겨보자. 노란 봄햇살 속으로.

주말부부

이메일이 왔다. 여행지에서 만난 그녀로부터 온 소식이었다. 강원도에 사는 그녀와 나는 야영장에서 하룻밤을 이웃으로 지낸 사이였다. 그녀는 나보다 한 살 많았는데, 그녀의 딸도 딸애와 나이가 같았다. 남편이 군인이어서, 이번 여행은 딸과 단둘이 떠났다는 것만 알고 있었다.

지난여름 우리 가족은 전라도로 여행을 다녀왔다. 소쇄원, 식영정, 채석강, 선운사, 전봉준이 동학혁명을 일으켰던 황토현 마을 등 여러 곳을 돌아보았다. 유홍준 교수의 『나의 문화유산답사기』를 들춰가며 가족끼리 다녀온 조용한 휴가였다.

둘째 날, 그 책에서 선운사의 석양이 절경이라는 구절을 언뜻 읽은 기억이 났다. 그래서 나는 채석강에서 놀던 아이들을 재촉하여 부랴부랴 선운사로 향했다. 가서 보니 바다에서 보는 낙조이려니 했던 생각과 많이 달랐다. 책에 소개된 선운사 석양은, 기암괴석과 나무가 울창한 도솔산 중턱에서 해가 지는 바다를 바라다보아야 했다. 저녁 시간에 그곳까지 오르기는 무리였다.

우리 가족은 선운사 입구에서 멀리 지는 해를 배웅하고 사찰 경내를 둘러보았다. 동백나무 숲은 꽃이 피는 철이 지났지만 윤기 흐르는 초록의 잎들로 시선을 끌었다. 만약 5만여 평의 숲에 붉은 동백이 피어 있는 시기에 왔더라면, 너무 요염해서 오히려 슬펐을지 모르겠다. 아름다움과 슬픔이 공유하는 절정은 어떤 모습일까. 아쉬움을 남기고 선운사 옆 야영장에 여장을 풀었다.

야영장은 잔디 위에 텐트를 치도록 반듯하게 정리된 오토캠핑장이었다. 도시구획정리를 해놓은 듯 깔끔한 지형이 자연과 조화를 이루며 아늑하고 포근했다. 콘도와 유스호스텔이 옆에 있었지만 오랜만에 텐트를 치고 자기로 했다. 산사의 고요함과 산세의 편안함에 동화되어 가족끼리 살을 부딪치며 자는 것도 좋은 일이었다.

저녁을 짓는데 자동차 한 대가 야영장으로 들어왔다. 그녀의 차였다. 딸과 둘이 하는 여행이니 잠은 레저용 차 안에서 충분히 잘 수 있어서인지 밥만 지어 돗자리를 깔고 식사를 하는 듯했다. 딸은 "쟤도 나와 똑같은 학년이야." 하며 그녀의 딸아이와 쉽게 어울렸다. 식구도 단출하니 같이 저녁을 먹자는 나의 제안에 쾌히 응했다. 그녀는 적극적이고 활달했다.

아이들은 아빠 요리솜씨가 세계 최고라며 저녁을 맛있게 먹었다. 그녀도 내 남편이 끓인 찌개를 맛있게 먹었다. 방학 때만은 딸과 여행을 자주 다닌다며 자신의 처지를 시원하게 말했다. 그녀가 무슨 일을 하는지 묻지 않았지만 직업여성으로 자신감과 소탈함이 말투에 배어나왔다.

식사 후, 그녀의 차 안에서는 사라사테의 바이올린 협주곡이 흘러나왔다. 모녀는 밤하늘을 쳐다보며 이슬이 내려앉는 잔디 위를 걸었다. 우리 가족은 늦은 시간까지 모기향을 피워놓고 다녀온 곳에 대해 삼행시 짓기를 하며 게임을 했다.

다음 날 멀리 동이 트는 것을 보며 텐트를 걷고 길 떠날 채비를 서둘렀다. 그녀는 아직도 자고 있었다. 우두커니 서 있는 그녀의 차를 남겨놓고, 우리는 대산면 고인돌 군락지로 향했다. 아침 이슬이 다리를 감아드는 수풀을 가르며 고인돌 군락지로 들어섰다. 고인돌 군이 넓은 산비탈에 여기저기 자연스럽게 펼쳐져 있었다.

고인돌은 잠에서 깨는 듯, 부스스 기지개를 켜며 아침 햇살을 받고 있었다. 서로 다른 모양의 고인돌이 여기저기 무리를 이루고 있었다. 한 무리를 이룬 이곳은 어떤 집안이었을까? 그 당시 사람들은 어떤 모습이었을까? 그리고 이곳에 묻힌 사람들은 무슨 생각을 하고 살았을까? 그들도 자신의 한 치 앞을 내다보지 못하는 혼돈의 시대를 살다 갔을 것이다. 그들이 땅속에 묻혔던 날도 오늘처럼 구름 한 점 없는 하늘이 끝없이 이어졌을까?

딸애가 그녀의 딸과 인터넷으로 이야기를 나누는 모습이 눈에 띄었다. 그녀의 선선한 눈매가 떠올랐다. 즐거운 여행이었느냐는 안부와 함께 주말이니 남편을 만나서 즐겁겠다는 농담이 적힌 인사를 덧붙였다.

다음 날 저녁 그녀가 답장을 보내왔다. 단란한 가족을 만나서 즐거웠다는 말과 함께, 실은 남편이 사고로 5년 전 세상을 떠났다고 고백했다. 딸과 남편 묘지를 일주일에 한 번씩 찾아가기 때문에 주말부부라 했으며, 죽은 남편을 살아 있는 것처럼 말한 것은 남편의 기억을 오래 지니고 싶어서였다고 했다. 가장 소중한 사람이었던 남편이 떠난 빈자리가 갈수록 커진다고도 했다. 그러면서도 주말부부가 월말부부가 되려 하고, 점점 연말부부가 되어 남편이 잊히면 어쩌나 걱정하였다.

주말부부로 자신을 소개할 때 잔잔한 눈빛을 읽어내지 못한 것도, 남편과의 추억이 깃든 장소를 찾았을지도 모르는 그녀 옆에서 즐겁게 웃고 떠든 것도 미안하고 죄스러웠다. 어떻게 위로를 해야 할지 모르겠다는 답을 보내며 선선한 눈매의 그녀를 생각했다.

시원한 웃음을 짓던 그녀의 얼굴과 딸과 함께 손을 잡고 산책을 하던 뒷모습이 떠올랐다. 그 위로 오랜 세월 동안 한자리를 말없이 지켜온 고인돌 군도 겹쳐졌다. 끝없이 펼쳐진 하늘 아래 누워 있던 고인돌은 자연의 일부였다. 세월이 흐른 뒤에는 나와 그녀 모두 그녀의 남편처럼 선사인(先史人)들처럼 자연으로 돌아갈 것이다.

남편을 잃은 슬픔을 안고 사는 그녀와 그녀를 애처롭게 바라보는 내 느낌이 서로 교차한다. 선사인들의 감정도 한 시절에는 서로 맞물리고 연결되었으리라. 그리고 이천오백 년 전 그들과 현대인의 삶이 이어져 있듯, 오늘 그녀와 내가 그려낸 사랑과 연민도 이천오백 년 후의 사람들과 이어지리라.

비우는 기쁨

　이삿날이 한 달밖에 남지 않았다. 집 안은 그동안 사들인 가구며 책들과 아이들 물건으로 가득했다. 정리를 해야겠다는 마음은 있었지만 바쁜 일이 왜 그리 많은지 차분히 짐 정리할 시간이 나지 않았다. 포장이사를 할까 생각했지만 아버님이 계신 우리는 묵은 짐이 많았다. 남에게 맡길 간단한 짐들이 아니었다. 차선책으로, 정리를 해서 짐을 싸놓으면 옮겨 정리를 해주는 반포장이사를 하기로 했다.

　짐을 정리하려니 무슨 일부터 해야 할지 엄두가 나지 않았으나 하루에 한 가지씩 정리를 해나갔다. 가장 먼저 시작한 일이 냉장고 정리였다.

　무엇이든 쉽게 버리지를 못하는 성격 탓일까, 냉동실에는 갈비, 족, 삼겹살, 탕수육 재워놓은 것부터 찹쌀가루, 맵쌀가루, 팥 삶아 놓은 것, 명절 때 얼려둔 만두까지 별의별 것들이 다 들어 있었다. 심지어는 1년 제사 지낼 곶감을 미리 사서 넣어둔 것도 있었다. 그런 것들을 이사 갈 집으로 모두 가져가고 싶지 않았다. 버릴 때는 과감히 버리고 없으면 없는 대로 지내고 싶었다. 그동안은 '이것이 필요하지 않을까', '저것이 없으면 불편할 거야' 하며 무엇이든 쌓아놓고 그것들의 무게에 힘들어했다.

하지만 과감하게 버리는 것도 쉽지 않았다. 그래서 생각해낸 것이 냉장고에 있는 음식들을 다 먹을 때까지 새로운 것을 사지 않기로 했다. 시장 가는 일도 줄이고 냉장고에 있는 야채들을 이용했다.

무엇인가를 사지 않는 일은 쉽지 않았다. 이런 장보기가 며칠 계속되었다. 우려했던 것보다 불편함이 없었다. 오히려 빈틈이 없던 냉장고가 점점 홀가분해졌다. 가득 찬 냉장고보다 헐겁게 비어 있는 냉장고를 보니 기분도 좋았다. 채우는 일보다 비우는 일이 더 즐거웠다.

법정스님은 『무소유』에서 버릴 줄 아는 삶이야말로 인생의 가장 큰 행복이라고 말씀하셨다. 냉장고를 비우는 일이 익숙해지면서 그 말이 이해가 되었다. 음식들뿐만 아니라 마음속에 자리 잡고 있던 것들에 대해서도 생각하게 되었다.

그동안 나는 무엇이든 채우려고만 애를 썼다. 저금통장의 액수, 가족에 대한 기대, 이루지 못한 것에 대한 욕망……. 그런데 그런 것들도 비울 때 더 큰 기쁨이 온다는 것을 알게 되었으니 커다란 소득이었다. 저금통장의 액수가 행복의 척도는 아니었다. 아이들도 자신들이 느끼는 소중한 가치를 노력하여 얻는 것이지 손에 쥐어줄 수는 없다. 추구하는 희망도 무리하게 목적만을 향해 달려가는 것은 아닌지 스스로에게 물었다.

사람은 살아가며 다섯 가지 과정을 거친다고 했다. 첫 번째는 먹는 것을 탐닉하며 살아가는 일이다. 이것이 해결되면 두 번째로 재산을 불리는 데 힘을 쏟는다. 그 과정이 지나면 여행이나 레저를 즐기며 살아가는 즐거움을 찾는다. 다음 네 번째로 명예에 대한 욕구로 주위에서 대접받을 수 있은 지위를 원하는 과정을 거치는 것이고, 마지막으로 타인에게 봉사를 하는 과정이다. 그 과정은 쉽지 않다. 여유가 있고 세상을 보는 안목이 높은 사람만이 가질 수 있다. 나눔과 베풂의 단계는 자신을 희생해야 하는 일이기 때문이리라.

나는 지금 다섯 과정 중 어디에 위치하고 있을까? 채움보다 비우는 기쁨을 알게 된 나는 이제 겨우 걸음마를 시작한 애송이일까? 애송이가 걷는다. 한 발짝 한 발짝 위태로운 걸음을 뗀다. 길이 보이니 두려울 건 없다. 길은 냉장고 속에 있다. 언제든 열어보면 된다.

나의 Pride

태어나서 자신만의 단아한 삶을 살다가 조용히 생을 마감하는 것처럼 아름다운 일이 또 있을까. 사라진 이는 바람으로 와서 바람으로 간 듯해도 남아 있는 이들에게는 그 빈자리가 여운을 주기 마련이다. 그 여운이 많은 이에게 커다란 자취로 남을지, 아련한 아쉬움으로 남을지, 잘되었다는 듯 시원함으로 남을지는 모르는 일이지만.

한 달 전 나는 그와 이별했다. 많은 만남과 헤어짐이 있었지만 그와의 헤어짐은 아주 특별했다. 그는 내게 가족만큼이나 소중한 의미를 지녔었다. 1990년 세상에 처음 나온 그가 우리 가족을 만났으니 열 몇 해가 되는 셈이다. 그는 열 살이 조금 넘었지만 생각은 신중하고 행동은 침착했다.

처음 그를 만나던 날, 그는 꼭 필요한 부분만을 취하여 작고 단단했다. 구름처럼 쉽게 눈에 띄거나 존재감을 나타내지도, 비처럼 강렬하고 감각적이지도 않았다. 형태가 있는 것도 같고 없는 것도 같은 밤안개 색의 옷을 입은 그는, 물오른 소녀의 홍조 띤 얼굴처럼 매끈했다.

사람의 얼굴에서 코는 숨을 쉬는 기능 이외에도 여러 가지 역할을 한다. 그의 얼굴에서도 맑고 투명한 눈 밑 윤곽이 뚜렷한 코는 내 가슴을 설레게 했다. 화려한 치장 없이 수수하고 단정한 모습에서 담백한 성품이 느껴졌다. 아름다운 여성을 더 아름답게, 평범한 여성을 더 돋보이게 하는 것이 모두 검소함이라는 의미로 다가왔다.

그는 대변인으로서의 역할을 잘 해내었다. 날렵한 속도감으로, 어지간한 충격에는 굴하지 않는 견고함으로, 꾸밈없는 소박함으로 자신을 담담히 보여주었다. 나의 느슨한 시간 개념을 재촉하며 기동성을 발휘하기도 했고, 타성에 젖어 있는 나를 일깨우기도 했다.

그런 그였지만 십 년이 지난 후로 앓는 소리를 자주 냈다. 가슴 속에서 콩 볶는 소리가 나기도, 오토바이 소리가 들리기도 했다. 그러다 아예 몸져누워 병원에 입원한 것도 수차례였다. 더구나 지친 몸으로 나와 동행하다 길 한가운데에서 까무러친 적도 있었다.

그는 나를 위해 혼신의 힘을 쏟았지만, 내 사람됨이 부족해서인지 그의 속 넓은 마음을 따라가지 못했다. 그의 늙고 병든 모습이 처음에는 슬프고 불쌍했다. 그러나 반복되는 병치레와 지친 모습이 번거롭고 성가셔졌다. 주변 사람들에게 그의 상태를 물었다. 사람들은 이제 그의 수명이 다했다고 말했다.

만남이 있으면 헤어짐이 있고 시작이 있으면 끝이 있기 마련이다. 언제부턴가 나는 그를 방치하며 홀가분하게 떠나보내고 싶어졌다. 그러나 막상 이별을 준비하려니 그와 함께했던 시간들이 주마등처럼 머릿속을 스쳐갔다.

세 살, 네 살인 아이들을 데리고 휴가를 떠났던 첫 여름. 그는 우리와 함께 푸른 파도와 보석처럼 빛나는 밤하늘을 공유했다. 테니스를 가르쳐주겠다는 남편을 따라나서던 신새벽에도 그는 달콤한 새벽잠의 유혹을 물리치고 함께 갔고, 시아버님을 모신 가끔의 외출에서 며느리의 옆 좌석에 앉아 흡족해하시는 아버님의 모습을 말없이 지켜보았다. 아이들이 초등학교 저학년일 때, 아이들과 함께 박물관으로 미술관으로 다닐 때에도 그가 먼저 갈 채비를 하였다. 눈이 펄펄 내리는 한겨울 남편과 심하게 다툰 후, 친정어머니가 계신 곳으로 무작정 달려가는 길에도 그는 내 편이 되어 험한 눈길을 함께했다.

생각해보면 그와 같이 한 생활 마디마디에 기쁨과 슬픔이 교차되고 보람과 회한이 엮어졌다. 가장 활기차고 역동적이었던 내 삶 옆에 그가 있다.

마침내 헤어질 시간이 다가왔다. 그가 기중기에 달리어 큰 차에 실렸다. 그에게서 자신의 종말을 후회하거나 슬퍼하지 않겠다는 단호함이 느껴졌다. 멀어져가는 그의 뒷모습을 보니 코가 시큰해지며 눈가에 물기가 어렸다. 그는 몸만 가는 것이 아니었다. 나의 30대와 그에 얽힌 애환까지 모두 가지고 가는 듯했다. 차분하고 단정한 그의 모습을 이제는 어디에서도 다시 볼 수 없다. 그와 함께했던 내 젊음 또한 다시 돌아오지 않을 것이다.

사랑하는 나의 Pride. 막상 그를 보내니 아쉬움과 애틋함으로 그 자리가 더욱 크게 느껴진다. 세상을 살다 보면 Pride를 떠나보내듯 정든 것과 이별할 일이 많을 것이다. 남아서 배웅을 할 수도 있지만, 나를 향해 손을 흔드는 이를 두고 떠나는 입장에 처할지도 모르는 일이다. 그런 이별을 생각하니 회한이 깊다는 것은 떠나는 입장이나 남아 있는 입장에서 서로에게 가슴 아픈 일일 듯했다.

그동안은 누군가에게 잊히지 않는 사람이 되었으면 하는 바람을 가지고 살았다. 하지만 누군가의 마음속에 오래도록 남는다는 것이 좋은 일만은 아니었다. 나를 잊지 않고 생각하는 동안 마음의 자유를 누리지 못했으니 그보다 더 큰 부담이 있을까. 헤어진 이에게 아련한 아쉬움이 남았다는 것은 그를 너무 깊이 사랑한 까닭이리라.

나의 Pride가 떠난 주차장은 다른 차들로 가득 차 있지만, 내 마음속에는 그를 향한 그리움의 빈자리가 오래도록 남아 있을 것 같다.

바람 소리

창밖엔 비바람이 세차게 불며 여름을 재촉하고 있다. 바람에 흔들리는 전선의 아우성이 오늘따라 갇힌 울타리를 벗어나려는 내 몸짓같이 여겨진다. 나는 어제부터 남편과 냉전 중이다. 의견 충돌이 생기는 일이야 다반사지만 이번 냉전의 원인은 내가 가정을 탈출하려는 시도 때문이다.

언제부턴가 반복되는 일상에서 문득 정신을 차릴 때마다 젊은 시절의 꿈과 기대가 어디론가 흔적도 없이 사라져버리는 듯해서 아쉽고 허전하다. 불혹을 바라보는 서른일곱의 나이가 되어 적당히 타성과 게으름에 익숙해져 있는 내가 싫다. 옆에는 시아버님, 남편, 초등학교 3학년인 딸, 2학년인 아들. 모두 내 손길을 기다리고 있다. 가족에 대한 책임과 의무가 느껴지지만 숨이 막힌다. 작은 변화나 활력소라도 찾으려 주위를 살펴본다. 다행히 조금만 부지런하면 할 수 있는 일이 눈에 들어온다. 이제는 여성이 직업을 갖는 것도 괜찮지 않은가.

우선 남편과 의논했다. 남편은 아버님과 아이들을 잘 돌보는 것이 돈 버는 일이라며 쓸데없는 짓 말라고 한마디로 내 말을 자른다. 일리는 있지만 몇 날 며칠을 고민하고 상의했는데 여성의 자리는 가정이라고 단정적으로 말하는 남편에게 반발심이 생긴다. 정말 그럴까, 여자의 삶은 정해진 자리에서 샘솟듯 사랑만을 퍼주는 것일까, 남편에게만 의존하지 말고 스스로 삶을 가꾸고 투자해야 되는 것이 아닐까. 여러 가지 생각으로 마음이 어지럽다.

남편이 위로해주는 말 한마디에 피로를 풀고, 때론 격분하여 눈물을 흘리는 자신이 초라해 보인다. 나도 스스로 독자적인 삶을 살아가고 싶다. 가족들에게 일정한 거리를 두고 때로는 냉철하게 때로는 따뜻하게 감싸주는 지혜가 필요하다. 아이들도 커서 자신의 생활을 잘 해나간다. 이제는 옆에서 도와주는 엄마보다 자신의 일을 하며 스스로 선택하고 결정하는 모습을 보여주고 싶다.

아이들이 살아갈 세상은 내가 자란 시대와는 다르다. 세계가 한 생활권으로 좁아지고 가까워지고 있다. 변화하는 시대에 맞는, 시대를 이끌어가는 아이들을 키우기 위해서는 우선 내가 변해야 한다.

아직도 밖은 세찬 바람이 분다. 하지만 비 온 뒤의 화창한 5월을 예견하는 것 같아 반갑다. 이제 곧 아카시아 꽃향기로 온 동네가 가득 찰 터이다. 그래서인가, 심란한 바람 소리도 갈등의 테마를 연주하는 앙상블로 들린다.

길몽

이상한 일이었다. 쌀을 씻는데 바퀴벌레 새끼들이 둥둥 떠 올라왔다. 세 번을 씻었지만 좁쌀알만 한 새끼가 좀처럼 줄지 않았다. 장마 후 쌀벌레가 생기는 경우는 있어도 바퀴벌레가 나오기는 처음이었다. 의아하고 징그러웠다. 왜 그럴까 생각하다 눈을 뜨니 꿈이었다. 나쁜 꿈인 것 같아 아침 준비를 하는 동안 내내 기분이 개운치 않았다.

오전 느지막이 출근하던 남편은 요즘 들어 등교하는 아이들과 함께 나간다. 그러다 보니 다림질, 아이들 도시락과 체육복 챙기는 일들로 정신이 없었다. 식사를 마친 아이들을 등교시키느라 분주한데, 남편이 자동차 열쇠와 지갑이 없다며 찾아보라고 성화였다. 급한 마음에 내 자동차 열쇠를 주며 배웅했다.

잠시 후, 남편이 하얗게 질린 얼굴로 되돌아왔다. 밤이 늦어 아파트 단지 내의 주차 공간이 부족하자 밖의 주차장에 주차시켰고, 생각해보니 열쇠를 꽂아놓은 채로 내렸다고 했다. 아무리 찾아도 나오지 않던 자동차 열쇠와 지갑이 모두 차 안에 있는 채였다. 이제껏 살아오며 큰 손실이나 분실 사고를 겪어보지 않은 우리는 너무나 황당했다.

남편은 분실신고를 하느라 경찰서와 은행으로 떠나고, 나는 아파트 단지와 지하주차장을 한 바퀴 돌아보았다. 갤로퍼가 피곤한 모습으로 어디엔가 서 있을 것만 같았다. 하지만 이미 도둑맞은 차였다.

도로를 달리고 있는 차들 중에서도 갤로퍼만 눈에 들어왔다. 오늘따라 유난히 많아 보였고, 모양도 다른 차에 비해 더 듬직하고 믿음직스러웠다. 저렇게 많은 갤로퍼 중 우리 차만 없다는 것이 믿어지지 않았다. 날씨마저 을씨년스럽고 바람이 불었다. 귓가를 스치는 휑한 찬바람이 가슴까지 휘돌았다.

회사에 간 남편이 도둑맞은 차는 찾기 힘들 것 같다며 전화를 걸어왔다. 충격을 받았는지 목소리가 한풀 꺾이고 풀이 죽어 있었다. 낙담한 처지가 이해는 되지만 소중한 것을 제대로 챙기지 못한 남편에게 화가 났다. 이런 일이 있으려고 그런 꿈을 꾸었나. 아침에 꾸었던 바퀴벌레 꿈도 다시 생각났다.

어이없게 차를 잃어버리고 남편은 말수가 줄어갔다. 큰 목소리도 작아지고, 즐기던 운동도 삼가는 것이 마치 풀기 빠진 옥양목을 보는 듯했다. 가장이라는 권위를 내세워 집안일에, 아이들 교육문제에 자신의 생각을 굽히지 않던 모습이 아니었다. 가장은 모든 가족 위에서 군림해야 한다는 평소의 지론을 유감없이 발휘하며 살아온 남편이었다. 늘 시간에 쫓기며 허둥지둥 살아가는 내게는 생활태도를 고치라며 편편이 주의를 주었다. 그런 남편이 실수를 했다. 속상했지만 한편으로는 그렇게 잘난 척하더니만 하며 꼬인 마음이 들었다.

하지만 시간이 지날수록 남편의 내려앉은 어깨가 무거워 보였다. 차라리 옛날처럼 권위와 호기를 부리는 것이 더 나을 것 같았다.

"갤로퍼와 인연은 여기까지인가 봐. 잃어버린 것에 대해 너무 아쉬워하지 말아요."

내 말에 남편은 조금 위안을 얻는 듯했다. 자동차가 없는 것에도 점점 익숙해져갔다. 출퇴근 때와 거래처와 상담할 일이 생기면 내 차를 이용했다. 얼떨결에 나는 기사가 되어 남편을 태우고 이리저리 다니게 되었다.

차를 타고 가면서도 우리는 서로 말이 없었다. 나는 훈계하듯, 가르치듯 말하는 남편의 말투가 싫었고, 남편은 자신의 실수를 인정하기 싫었거나 자신이 저지른 실수에서 벗어나지 못했을 것이다.

일주일 이주일 이런 생활이 반복되다 보니 차를 타고 가며 마음속 이야기를 조금씩 나누게 되었다. 남편은 차를 잃어버렸을 때, 돌아가신 아버지가 앉으셨던 자리가 하나둘 없어져가는 것이 가장 서운했다며 눈시울을 붉혔다. 아버님은 남편이 운전하는 차의 옆좌석에 앉아 다니기를 좋아하셨다. 그 말을 들으니 나를 무척 아껴주셨던 시아버님 생각이 나서 눈물이 나왔다.

남편은 아이들이 잘 커서 성공한 삶을 살았으면 좋겠다고 말했다. 목소리에는 자식을 향한 아버지의 *끈끈한* 정이 묻어 있었다. 남편의 간절한 말에 나도 꼭 그렇게 되어야 할 텐데요, 하며 기도하는 마음이 되었다.

시간이 지날수록 남편은 속 깊은 이야기를 했다. 얼굴이 아름다운 여자와 결혼을 하면 3년이 행복하고, 지혜로운 여자와 결혼을 하면 30년이 행복하다, 그러나 둘을 다 갖춘 여자를 아내로 맞이하면 3대가 행복하다는 말도 했다. 나는 어느 경우일까 생각하고 있는데, 남편이 조용해졌다. 어느 틈엔지 남편은 의자를 뒤로 젖히고 잠이 들어 있었다. 피로에 지친 얼굴이 까칠했다.

남편과 이야기를 나누다 보니 가장이란 내가 생각했던 것보다 훨씬 노력과 인내가 필요했다. 가족 앞에서 당당해 보이기 위해 과장된 몸짓이 필요했는지도 모른다. 그동안 남편과 의견이 다를 경우 침묵으로 시위하거나 언성을 높이며 반발하곤 했지만 어느 경우나 결국은 남편 뜻대로 되었다. 그런 남편이 언제부턴가 조심스럽게 내 의견을 물었다. 아이들에게도 강요하기보다는 그들의 의견에 귀를 기울였다.

쌀을 씻을 때 바퀴벌레 새끼가 자꾸 떠오르던 꿈을 다시 생각해 본다. 쌀은 항시 먹는 주식이니 만큼 일상적인 것을 의미했다. 또 바퀴벌레 새끼는 새로운 관계를 말하려는 게 아니었을까? 그 꿈은 반복되는 일상에서 새로운 소통의 시작을 뜻하는지도 몰랐다. 지금까지의 낡은 부부 관계를 벗어나 새로운 출발을 예고한 것일 수도. 그러니까 내가 꾼 꿈은 흉몽(凶夢)이 아니라 길몽(吉夢)이 아니었을까.

이름이 지닌 의미

　사람이 옷을 몸에 걸치듯이, 이름은 자신에게 걸쳐지는 옷이다. 그 이름은 평생 동안 자신에게 입혀지는 고유명사로, 한참을 부르다 보면 그 사람의 이미지나 분위기, 성격 등이 그 이름에서 느껴지는 뉘앙스와 비슷하게 연상된다. 또 이름에는 기대, 소망, 꿈 등이 담겨 그것을 부름으로써 그 바람이 조금씩 실현되리라는 소망도 담겨 있다.

　동양학에서 한 사람의 사주팔자는 선천적 운명으로 숙명적이지만, 주어지는 이름은 후천적인 운명으로 숙명조차 변경할 수 있는 가변의 운명으로 여겨졌다. 부를 때나 들을 때에 소리의 파장이 길흉화복으로 작용하여 좋은 이름은 부를수록 점점 운수가 좋아지고, 나쁜 이름은 부를수록 운수가 나빠지게 된다고 믿었다.

　이름값을 한다는 말이 있다. 인천시립예술단의 지휘자인 금난새 씨의 형제들도 원래의 이름은 김나라, 김노을, 김난새였다. 하지만 부르기 좋고 아름다운 뜻을 지닌 한글 이름을 짓다보니 김 씨 성의 원래 소리인 금으로 성을 고쳐 썼다고 한다. 이름도 세상에 널리

알려진 사람이 되라는 의미로 난새라 지었다고 한다. 꼭 그 때문은 아니겠지만 금난새 씨는 한국 음악계의 거목으로 모든 국민의 사랑을 받고 있다.

동양사상과 거리가 먼 미국에서도 비슷한 일화가 있다. 미국의 한 신문사에서 전국적으로 이름을 조사·분석하였는데, 몰상식하고 조악한 이름을 가진 사람들은 거짓말처럼 실제생활도 그와 흡사한 인생을 살고 있었다는 것이다.

내가 이름에 대해 다시 생각하게 된 계기는 남북정상회담 때였다. 신문에는 남북의 김대중과 김정일 두 정상이 포옹하는 사진이 실리고 그에 대한 설명이 톱기사로 다루어졌다. 당시 텔레비전 뉴스에서도 북의 공항에서 손을 흔들며 비행기 트랩을 내려오는 김대중 대통령 부부의 모습을 연신 보도했다. 귀한 손님을 맞이하려 맨발로 뛰어나온 듯, 반갑게 맞이하는 북한의 김정일까지……. 전혀 예상치 못한 일이었으며 회담의 성공 여부에 국민의 많은 관심이 쏠렸다.

그때, 두 정상은 첫 만남 선물로 진돗개 한 쌍과 풍산개 한 쌍을 주고받았다. 진돗개와 풍산개는 남한과 북한의 토종개로 종족보존에 심혈을 기울이는 종자였다. 지형과 기후가 다른 외국 개들이 판을 치는 세상에 용감하고 영리한 토종개를 교환하는 모습은 퍽 인상적이었다. 강아지들의 이름도 '평화와 통일', '자주와 단결'이라고 붙여주었다. 나도 모르게 강아지들의 이름들을 나직이 불러보았다. 평화, 통일, 자주, 단결이란 이름을……. 후에 '자주와 단결'이란 이름은 '우리와 누리'로 바뀌었지만 의미는 서로 통했다.

우리가 살고 있는 한반도는 위치를 보면, 북위 33°~43°, 경도 127°에 있고, 전체 면적은 22만㎢, 총인구는 7천만 명이다. 면적으로 따지자면 중국의 28분의 1이고, 인구로 보면 인도의 20분의 1에 해당된다. 이렇게 작은 나라가 항상 국제적 관심의 대상이 된 이유는 남북으로 나뉘어져 긴장상태에 있고 이해관계로 강대국에 의존해왔기 때문이다. 훗날 이 남북정상회담이 통일의 초석이 된다면 이를 성사시킨 정상은 후대에 역사적 인물로 평가될 것이다.

두 정상이 교환한 강아지 이름을 다시 한 번 불러본다. "평화야 밥 먹어라. 통일아 이리 와. 우리야 산책 가자. 누리 뭐하니." 하고……. 말이 씨가 된다는 속담처럼 한반도가 통일이 된 모습도 상상해보았다. 남북이 서로 도와 통일을 이룬다면 대한민국은 강대국 도마 위에 올려진 생선이 아니라 구심점이 되어 세계의 한가운데에 서 있을 것이다.

평화야, 통일아, 우리야, 누리야, 너희들 만세다. 만세!

대한민국이 너희들 이름처럼, 이름이 지닌 의미처럼, 바르고 평화롭게, 세계로 창창히 뻗어 나가리라.

제2부

백일홍

치열함과 파국은 짙고 극단적이기에 치명적이며 매혹적이다. 작은 씨앗이었던 나는 땅 밑에서 오랜 시간을 보냈다. 어둠과 차가움을 견디고 싹을 틔웠다. 계절을 무시한 한파에 겨우 목숨을 부지했다. 나를 지탱한 것은 너를 볼 수 있다는 희미하지만 가슴 저린 통증. 모질고 쌀쌀한 바람이 한 차례 더 지나갔다.

오늘, 비로소, 나는 만개했다. 그리고 네가 왔다. 花無十日紅. 절정의 붉음이 열흘을 넘지 못한다지만 너를 이대로 보내고 싶지 않다. 기다림으로 응축된 마디가 녹아내릴 때까지 석 달 열흘 붉은 채로 너를 만나고 싶다.

맑고 깊은 울림

　기회가 오면 꼭 사야지. 그 기회를 만들려면 진작 있었을 법도 했지만, 우연히 다가올 때를 기다렸다. 지난 일요일, 송광사에서 그 기회가 왔다. 경내의 불교용품점에는 어슴푸레한 청동색 아미타불, 석가모니불, 지장불 등 불상들이 전시되어 있었다. 구석에 있는 염주며 달마도며 대추나무로 만든 열쇠고리를 둘러볼 때였다. 기회가 오면 꼭 사야겠다고 마음먹었던 종들이 그곳에 있었다. 장식용으로 만든 종은 큰 것, 중간 크기의 것, 작은 것, 세 종류로 두세 개 정도 있었다. 큰 것에서부터 작은 것까지 일일이 들어서 용두의 볼록한 부분에서부터 포물선을 그리며 벌어진 끝 부분까지 세세히 살펴보았다. 가만히 흔들어 소리도 들어보았다.

　큰 종은 그 울림에 무게가 있으나 둔탁했다. 작은 것은 낭랑하나 가벼웠다. 중간 크기의 종을 골라 이 소리 저 소리 들어보았다. 그 중 맑고 고운 소리가 나는 것을 골랐다. 비로소 오랜 숙제를 마친 듯 마음이 홀가분해졌다.

　집에 돌아와 종을 눈에 잘 띄는 곳에 두었다. 검은빛 종은 다른 가구와 잘 어울렸다. 오며 가며 한 번씩 종을 들어 흔들어보면 묵직하면서도 청아한 소리가 집 안을 채웠다. 내가 이런 종을 찾게 된 것은 몇 년 전 고모의 부음 이후부터였다.

고모는 아버지와 고종사촌지간이었다. 어려서 부모님을 여의고, 언니 오빠들이 결혼을 하자 고모님이 되는 할머니께 의지하려 우리 집으로 왔다. 내가 초등학교 4학년 때부터 스물세 살 때까지 고모와 한집에 살았으니 꽤 오랫동안 한가족으로 살았던 셈이다.

고모는 조금 살이 쪄서 몸집이 있었지만 얼굴도 예쁘고 심성도 고왔다. 하지만 왜 그랬는지 결혼은 하지 않고 불교에 심취하여 직장과 절만 오갔다. 멋을 부리지도 않아 줄이 나간 스타킹을 아무렇지도 않게 신고 다녔다. 향이 좋은 샴푸와 린스를 사오면 고모가 쓰기보다는 내게 건넸다. 고모는 세상일에도 낙천적이어서 엄마가 늦잠과 지각하는 습관을 나무라면 좀 늦으면 어떠냐고 태평스레 말했다.

생각해보니 그 시절 고모는 종교와 결혼 사이에서 홀로 외로운 싸움을 했던 것 같다. 고모의 의연했던 모습은 자신과의 처절한 싸움의 결과였을 것이다. 그런 고모가 유일하게 의지하는 사람은 엄마였다. 시누이와 올케 사이인 엄마와 고모는 때로 서로 토라져서 말을 하지 않은 적도 있지만 곧 이런저런 속내를 털어내곤 했다.

그런 고모가 미국에서 자리 잡은 언니 오빠를 따라 이민을 간 것은 내가 스물세 살 때였다. 떠난 지 몇 해 동안은 고모와 편지도 주고받았지만 언제부터인가 뜸해져서 서로 무소식이 희소식이겠거니 하고 살았다. 그리고 오랜 세월이 흐른 뒤, 고모가 결혼했다는 소식이 들려왔다.

그때부터 엄마는 미국 여행을 노래했다. 내가 꼭 가서 어떻게 사는지 내 눈으로 보고 와야 하는데……. 귀에 못이 박히도록 들은 말이었다.

3년 전이었다. 엄마가 전화하셔서 미국에 가려고 여행사에 예약을 해놓았다고 했다. 뉴욕에 외숙모와 외사촌 오빠들이 사니 여기저기 둘러보고 오시겠지만, 그 누구보다 고모 생각이 많이 났다. 항상 소녀 같았는데, 어떻게 변했을까. 세월이 고모에게 내어준 자리가 궁금했다. 그리고 어머니는 미국으로 떠났다.

하지만 뜻밖에도 엄마의 미국 여행은 예상만큼 오래 걸리지 않았다. 2주 정도 지났을까, 엄마로부터 서울에 왔다는 전화가 왔다. 힘이 없고 기운이 빠진 듯 목소리가 떨렸다. 걱정되어 친정집으로 가니 엄마는 울고 계셨다. 뉴욕에서 멀리 떨어진 뉴저지 주까지 힘들게 찾아갔더니, 고모는 일주일 전에 저세상으로 떠난 뒤였다며 흐느끼셨다. 불교미술을 하는 남편 옆에는 일곱 살 된 딸애가 있었다고 했다.

'내가 일주일만 빨리 갔어도 마지막 얼굴을 볼 수 있었는데, 부모 없이 항상 외롭게 살더니 어린것이 눈에 밟혀 어떻게 갔을까, 몸이 좋지 않으면 연락이라도 하지, 야속한 사람, 그래도 내가 보고 싶어 나를 불렀구나.' 하는 생각들로 더 이상 여행에 대한 흥미가 없어져 급히 집으로 돌아온 엄마였다. 준비했던 여행 경비로 고모가 한국에 있을 때 자주 다녔던 절에서 천도재를 지낸다고 하셨다.

천도재 사십구일째 날이 되었다. 이승에서 떠난 혼이 다른 몸을 받고 태어난다는 사십구재를 위해 가까운 가족들이 모였다. 법당에는 스님의 경을 읽는 소리가 고요히 울렸다. 처마 밑에 달린 풍경이 독경 소리에 화답하듯 땡그랑땡그랑 소리 내며 흔들렸다. 지나가는 바람이 풍경을 건드리고 풍경 속의 목어가 흔들렸다. 낭랑한 그 소리는 절간을 채운 후 내 마음속까지 들어와 회오리바람을 일으켰다. 그 소리는 마치 고모가 말을 하고 있는 듯했다.

'이승에서 좋은 인연을 맺고 갑니다. 저승으로 가는 마지막 길을 아름답게 만들어주어 고맙습니다.'

낭랑하던 풍경 소리는 가냘픈 여운을 남기며 나직하게 젖어들었다.

고모의 천도재는 정성껏 올려졌고, 나는 다시 번잡한 일상으로 돌아왔다. 그리고 오늘, 돌아가신 고모를 생각하며 종을 울렸다. 안으로 다스린 소리는 고요히 울린다. 집 안을 채운 맑고 깊은 울림이 내가 사랑하는 모든 이에게로 퍼져나갔으면 좋겠다.

광릉내에서 길을 잃다

수목원을 들어서니 양쪽으로 키 큰 나무들이 울창했다. 의연하고 늠름한 모습들이 멋진 테너 가수의 어깨를 연상시켰다. 깊은 숨을 마시고 다시 걸음을 옮겼다.

국립수목원이라 불리는 광릉숲은 1468년부터 국가적으로 보호·관리해왔다. 얼마 전까지 일반인에게 전면 공개되지 않았던 수목원은 잘 정돈되어 있었다. 사람마다 성격과 생김새가 다르듯 나무 또한 다양했다. 다른 품종의 나무들은 가까운 거리에서도 잘 자랐다. 겉으로 보기에는 사이좋은 친구들 같지만 땅속에서는 치열한 접전이 예상되었다.

숲길을 걸으니 이곳에 처음 왔던 때가 생각났다. 스물다섯 살 때였다. 봄빛이 따뜻한 아지랑이 피어오르던 3월이었다. 당시 이곳의 명칭은 '광릉내'였다. 무게와 격이 느껴지는 '국립수목원'보다 조촐하고 정겨웠다. 입구에 커다란 홍살문도 서 있었던 것 같은데 지금은 눈에 띄지 않았다.

그때는 버스에서 내려 한참을 걸어 들어가야 했다. 친구와 팔짱을 끼고 이야기를 나누며 숲길을 걸었다. 결혼이라는 커다란 관문을 앞에 둔 우리는 호기심과 꿈이 많았고 걱정도 많았다. 즐겁게 이야기하다가 자못 심각해지기도 했다. 구두를 신고 익숙지 않은 흙길을 걷는 것이 조금은 불편했다. 그럴 때면 걸음을 멈추고 주변의 경치를 둘러보았다.

3월이긴 했으나 목덜미로 파고드는 바람은 차고 예리했다. 칼칼한 바람에 옷깃을 여미며 그만 되돌아갈까 하는데 멀리서 아지랑이가 가물가물 피어올랐다. 투명한 불꽃이 스파크가 일듯 튀어오르며 어서 오라며 손짓했다. 걸음을 재촉하여 따라가면 아지랑이는 저만치 성큼 앞서갔다. 우리가 쫓은 것은 아리랑이가 아니라 앞날에 대한 막연한 꿈이었을지도 모르겠다.

그렇게 몇 시간을 걸었다. 끝이 어딘지 모르는 길을 한정 없이 걷다가 길을 잃고 말았다. 짧은 해는 산 뒤로 뉘엿뉘엿 지고 있었다. 낯선 곳에 대한 두려움으로 걸음이 빨라졌다. 똑같은 길만 나오고 출구도 입구도 분명치 않았다. 다리에 힘이 풀리려는 순간이었다. 모퉁이를 돌자 조그만 호수가 나왔고, 호수 위에는 오리 떼가 한가롭게 놀고 있었다. 그리고 거짓말처럼 트럭 한 대가 우리 앞으로 달려왔다.

마음씨 좋은 트럭 주인의 배려로 우리는 짐칸에 몸을 실었다. 자동차는 포장되지 않은 시골길을 덜컥거리며 요란하게 달렸다. 짐칸은 더 많이 흔들렸다. 차가 덜컥거릴 때마다 엉덩이도 들썩였다. 친구와 나는 조금 전의 걱정도 잊고 깔깔대며 웃었다. 한참을 웃은 후 가을에 다시 오자 했었는데, 이십여 년도 훌쩍 지난 후에야 다시 오게 되었다. 미로를 헤매듯 광릉내의 숲길을 함께 걷던 그녀는 지금 어디서 무엇을 하는지.

오늘의 수목원은 예전의 광릉내와는 비교도 되지 않는 규모를 갖추었다. 하지만 내게는 위풍당당한 국립수목원보다 세월을 거슬러 올라간 그 시절의 소박했던 광릉내가 마음에 남아 있다. 시간에 쫓기며 분주한 지금의 나보다 아지랑이를 따라 한나절을 무작정 걷던 나를 그리워하는 것처럼. 아직도 봄빛 속에 풀어놓았던 그날의 웃음이 귓가에 쟁쟁하다. 그녀도 지금쯤이면 아내, 엄마라는 무거운 외투를 잠시 벗어놓고 추억에 젖어 나를 생각하고 있을지도 모르겠다.

세 여자

　오빠는 대학을 졸업하던 해에 결혼을 했다. 아직 군대도 가지 않은 상태였다. 그때는 석사학위를 가진 사람에 한해 국방부에서 보는 시험이 있었다. 합격하는 사람은 군대가 면제되는 제도였다. 집에서는 오빠가 대학원을 나오고 시험에 붙어 군대를 해결하고, 한 걸음 나아가 박사학위까지 받았으면 하는 바람을 갖고 있었다. 그런 오빠가 졸업을 며칠 앞두고 결혼을 하겠다고 했다.

　깜짝 놀란 가족들은 모두 말렸다. 신부의 키가 좀 작다, 눈꼬리가 약간 치켜 올라가 성깔 있겠다, 생활능력도 없지 않느냐, 반대 이유가 무궁무진했지만 오빠에게는 그 모든 반대를 불식시킬 수 있는 비장의 카드가 있었다. 대학 일 학년 때 미팅에서 만나 사귀고 있던 올케언니의 몸 안에 생명이 자라고 있었던 것이다.

　결국 오빠는 뜻을 이루었고 가장 역할을 시작했다. 조교생활을 하며 대학원을 다녔고, 고등학교 시간강사로 일주일에 몇 시간씩 강의를 나갔다. 하지만 세상일이 자신의 뜻대로 순순히 펼쳐지면 번성하던 도시 폼페이가 왜 최후의 날을 맞았겠는가. 온 세계의 기대 속에 띄워진 콜롬비아호가 대기권을 벗어난 순간 어찌 산산조각이 났겠는가.

단술에 취하듯 세상이 온통 복숭아꽃 향기로 가득 찼을 오빠와 올케언니의 신혼시대는 이 년 만에 막을 내렸다. 붙을 줄 알았던, 꼭 붙어야만 했던 군대 면제시험에 떨어졌기 때문이다. 오빠는 나이 들어 뒤늦게 군대를 가야 했다. 훈련병이 되어 고된 훈련을 마친 오빠를 면회하고 온 올케언니는 시름에 잠겨 식음을 전폐하다시피 했다.

며느리와 합가를 한 후 부모님은 시골로 거처를 옮겼다. 빌려주었던 논에 농사를 직접 짓겠다는 명목이었지만 실은 며느리의 마음을 편하게 해주려는 배려였다.

때마침 외사촌 언니가 우리 집에서 같이 지내게 되었다. 집이 가까워 사촌언니들과 잘 어울렸던 내게 여덟 살이 많았던 언니는 경이로운 존재였다. 다른 언니들은 차분하고 여성적이어서 비밀 이야기가 있으면 은밀하게 소곤소곤 말했다. 하지만 그 언니는 달랐다. 주저하거나 어색함도 없이 가족들에게 이야기를 술술 풀어냈다. 그런 언니가 결혼을 했다. 형부는 이목구비가 시원시원하게 생겼고 키도 훤칠했다. 어린 내 눈에도 둘이 잘 어울리는 듯 보였다.

언니의 결혼은 순조로운 출발에 비해 그리 평탄치 않았다. 달변이었던 형부는 가는 곳마다 사고를 일으켰고 뒤처리는 항상 언니 몫이었다. 가세가 점점 기울더니 형부가 경영하던 버스회사가 큰 사고를 내고 말았다. 피해자들이 하루가 멀다고 찾아오자 형부는 회사를 정리하고 남은 재산을 모두 내놓은 후 노동자가 되어 중동으로 떠났다. 어쩔 수 없이 취직을 하게 된 언니는 아이들을 친가에 맡기고 우리 집으로 오게 되었다.

그렇게 올케언니와 사촌언니, 나, 세 여자와 네 살, 세 살인 조카 둘이 지내게 되었다. 우리는 생활비를 줄이기 위해 위층은 세를 주고 아래층만 쓰기로 했다. 큰방은 올케언니와 조카들이 쓰고 작은방은 손님인 사촌언니 몫이었다. 구석진 방이 내 차지가 되었다. 인왕산이 가까이에 있어서인지 구석진 내 방으로는 섬뜩하고 흉측스런 벌레가 가끔 나왔다. 혼자도, 어린 나이도 아니었지만 부모님과 떨어져 생활해보기는 그때가 처음이었다.

그 무렵 나는 무역회사에 다니고 있었다. 맡은 일이 수입 업무였다. 영어사전을 들춰가며 영문으로 기안을 올리고 어느 나라의 관세율은 몇 프로더라, 어떤 품목은 규제가 되어 수입이 안 된다더라 따위의 새로운 것을 아는 일은 흥미로웠다. 그러나 통관이 제날짜에 되지 않을 때는 세관으로 가야 했다. 대합실처럼 웅성웅성한 곳에서 통관 절차가 다음 단계로 넘어가기까지 하염없이 기다렸다. 담당자를 붙들고 수입이 안 되는 이유를 따져 묻기도 했고, 때로는 늦어진 통관 탓으로 상사의 꾸지람도 들어야 했다.

옥인동에서 퇴계로까지는 한 번에 연결된 버스노선이 없었다. 러시아워에 버스를 두 번 갈아타며 출근하면 어떤 날은 아침에 곱게 다려 입은 블라우스가 수세미가 되어 있었다. 갑자기 내린 비로 물에 빠진 생쥐 꼴로 출근하는 경우도 있었다. 그 모든 것이 나를 우울하고 생각이 많은 스물다섯 살의 처녀로 만들었다.

퇴근 후에는 늘 교보문고에 들러 한 시간가량 서서 책을 보다 집으로 돌아왔다. 지하도 건너 어둑한 광화문 길을 걷다 보면 세상 모든 일이 우울하고 슬퍼 보였다. 정부종합청사 뒷길을 지나 옥인동까지 걸어오며 어두운 사위에 마음 놓고 눈물을 흘렸다. 그러다 동네 어귀에 다다르면 얼굴을 가다듬고 조카들이 좋아하는 과자를 사들고 집으로 들어가곤 했다.

하루 종일 두 아이와 지낸 올케언니는 나를 반갑게 맞았다. 아이들이 어려 외출도 하지 못하고 하소연할 남편도 곁에 없었지만 부지런히 아이들 간식거리를 만들었고 사촌언니와 내 끼니를 챙겼다.

조카들이 잠들고 세상도 잠든 자정쯤 되어야 사촌언니가 귀가했다. 가끔 언니의 손에는 치킨 봉지가 들려 있었다. 튀김 닭을 앞에 놓고 둘러앉은 세 여자는 하루 일과를 즐겁게 나누었다. 생각해보면 내가 그 긴 귀갓길을 눈물로 얼룩지운 후 아무 일도 없다는 듯이 집에 들어갔던 것처럼, 사촌언니도 새벽별을 보며 출근하는 내내 아이들을 그리며 눈물지었을 터이고, 올케언니도 아이들만 있는 빈집에서 남편을 그리며 가슴 아파했을 것이다. 웃고 있는 그 순간에도 마음속으로는 자신의 외로움이나 아픔을 단단히 누르고 있었을 것이다. 하지만 언니와 나 그리고 올케언니는 서로에게 그런 내색을 전혀 하지 않았다.

그렇게 우리는 꿈 많던 젊은 시절에 서로를 의지하며 어둡고 긴 터널을 건넜다. 터널의 중간쯤에서 남편을 알게 되었다. 남편은 가끔 과자와 치킨을 사들고 옥인동 집으로 놀러오곤 했다. 그리고 오빠가 제대를 했다. 당시 대학생들이 졸업 후 취직하고 싶은 기업 1

순위였던 회사에 취직도 되었다. 사촌언니는 한동안 고전을 했지만 특유의 활달한 성격으로 어려움을 잘 헤쳐 나왔다.

'눈물 젖은 빵을 먹어보지 않은 사람과는 인생을 논하지 말라'라는 말이 있잖은가. 그 시절이 우리 세 여자에겐 눈물 젖은 빵을 먹던 시기였다. 늦은 밤에 모여 앉아 먹었던 것은 튀김 닭뿐이 아니었다. 서로를 배려하고 아끼는 정이라는 효소도 함께 먹었을 듯싶었다. 그리고 그 효소의 응집력은 무척 강했나 보다. 25년이 지난 지금까지도 서로의 모습들이 한 폭의 수채화로 마음속에 걸려 있는 것을 보면.

하프타임

남편의 대학 동기생들 모임이 있었다. 일 년에 한두 번 만나는 사이이긴 해도, 20년 가까이 만나다 보니 이제 누구의 동창이라기보다는 아이를 키우며 세상을 살아가는 동지가 된 셈이다.

분당에 사는 친구의 집에서 모두 모였다. 그 친구는 큰아들을 초등학교 때 미국으로 유학 보냈다. 남편의 친구는 멀리 있는 자식에 대해 담담했다. 하지만 그의 아내는 그렇지 않아 보였다. 아이가 부모와 일찍 떨어져서인지 철이 많이 들었고 신앙심도 아주 깊다고 말했지만, 아들에 대한 그리움이 배어 있는 얼굴은 어쩐지 쓸쓸해 보였다.

이번 모임에는 아홉 커플 중 다섯 쌍만 참석했다. 오십을 갓 넘은 나이이니 요직에 있는 사람이 많아 저마다의 일에서 쉽게 시간을 내지 못하는 모양이었다. 하는 일이 순조롭지 않아 친구들을 만나는 것조차 흥이 나지 않는지 모임에 빠진 친구도 있었다.

저녁 식사를 마칠 무렵 한 친구가 뒤늦게 혼자 나타났다. 다니던 회사를 몇 년 전 퇴직한 친구였다. 결혼 초 우리 부부가 소형차를 샀을 때 그는 중형차를 몰고 다녔다. 외모에 신경을 들인 탓인지, 그에게서는 늘 품위와 중후함이 느껴졌고 친구들보다 한 격이 높아 보였다. 하지만 퇴직 후 새로 시작한 일이 제대로 안 풀리자 목소리가 한풀 꺾여 가라앉고 표정이 어두웠다. 얼마 전 남편을 찾아와 도움을 청하다가 빈손으로 발길을 돌렸던 모습이 겹쳐졌다. 그 후부터 늘 미안함을 가지고 있었는데 그런 모습을 보니 더 안쓰러웠다.

젊었을 때는 미처 깨닫지 못하다 어느 날 갑자기 앞과 뒤가 훤히 보이는 경우가 있다. 그런 일은 연륜과 경험이 쌓여가며 더 분명해지곤 했다. 살아오며 무엇을 얻고 무엇을 잃었는지, 빠름과 느림의 차이와 구별은 무엇인지, 항시 좋게만 또는 나쁘게만 생각되었던 일과 사람의 장점단점이 훤히 보이며 비로소 그 대상을 객관적으로 보게 되는 시기였다.

스포츠 경기 중 '하프타임'이 있다. 전반전을 뛴 선수들이 잠시 작전타임 갖는 시간이다. 밀리던 팀이 이 시간을 보낸 후 전세를 역전시키는 상황을 자주 보았다. 그래서 스포츠 경기는 전반전이 아니라 후반전에서 판가름이 난다고 한다. 우리 삶에서도 45세에서 55세 즈음 나이는 운동경기의 하프타임에 해당되지 않을까 싶다.

45세와 55세의 즈음, 주위에는 성공한 사람도, 실패한 듯 보이는 사람도 있다. 하지만 성공과 실패를 세간의 잣대로만 판단하지는 말자. 각자의 인생에서 진실하고 풍요로운 그 무엇이 채워져 있다면 그 삶은 누구보다도 성공한 삶일 것이다. 지금 겉모습이 후줄근하고 초라하더라도 실패자라는 이름표를 붙이지는 말자. 우리에겐 아직 후반전이 남아 있다. 정신없이 뛰어왔던 젊음의 시기에서 잠시 숨을 고르는 하프타임을 보내고 있는 것이다. 전반전에 미진했던 선수들이 괴력을 발휘해 후반전을 역전시키는 경기는 수없이 많다.

사통팔달

얼마 전 우리 가족은 일산으로 이사를 했다.

먼저 살던 아파트는 주변에 유흥시설이 많았다. 한창 사춘기를 보내고 있는 아이들에게는 좋은 환경이 아니었다. 맹모(孟母)처럼, 나는 조심스럽게 이사를 생각했다. 남편 회사의 위치와 교육환경을 고려해 심사숙고 끝에 일산으로 결정했다.

남편은 인천 계양구 일대를 벗어나 본 적이 없는 토박이 인천사람이었다. 그런 남편과, 낯가림이 심한 내가 감수성이 한창 예민한 아이들을 데리고 새로운 도시로 이사를 한다고 생각하니 기대보다는 두려움이 앞섰다.

일산은 생각보다 편하고 좋았다. 사람이 걷는 길과 공원을 함께 설계한 도시였다. 길이 공원이니 걸어 다니는 것이 바로 산책이며 운동이었다. 자연이 있어 눈이 더불어 즐거웠다. 사계절이 피부에 닿으니 마음 또한 싱그러웠다. 그리고 무엇보다 도로들이 막힘없이 사방으로 시원하게 뚫려 있었다. 서울로, 인천으로, 신답리로

도로는 어느 곳으로든 이어졌다.

아파트 옆으로 오솔길이 있다. 길가에는 벚꽃, 목련 들과 키 작은 꽃들이 한창 피어 있었다. 이 오솔길을 따라 이어진 서양풍의 주택 단지를 걷다 보면 정발산에 다다랐다. 산이라 하기에는 낮고, 구릉 이라 하기에는 높았다. 입구에는 공원을 만들고 잔디가 깔려 있었 다. 한적하고 넓은 잔디밭 뒤로 소나무와 상수리나무가 숲을 이루었 다. 숲길을 걷다 보면 나무 꼭대기에 앉은 까치 떼가 보였고 직박구 리 울음소리도 들렸다. 화통을 삶아 먹은 듯한 직박구리 울음소리에 통쾌하고 가슴이 후련해졌다. 숲에서 생성된 피톤치드로 청량한 기 운이 폐 깊숙이 들어왔다. 호흡을 크게 하면서 정상에 오르면 옆 능 선으로 마두도서관이 보였다. 가벼운 등산과 도서관을 찾아가는 것 은 살아가는 즐거움을 느낄 수 있는 몇 가지 중의 하나였다.

아파트 단지 앞에서 좌석버스를 타면 편안하게 시내로 갈 수 있 다. 16차선의 길은 체증이 없이 신촌, 광화문, 종로로 뻗어 있다. 차를 타고 가다 보면 우리 아이들도 이 버스를 타고 대학을 다니면 좋겠다는 생각이 들었다. 신촌 부근을 지날 때면 생각이 기도로 바 뀌었다. 아이들이 이 길처럼 넓고 포용력 있는 삶을, 거리의 젊은 이들처럼 늠름하고 자신감 넘치는 삶을 살게 해주십사고…….

인천으로 가기 위해 자유로를 타면 도로 오른쪽으로 한강이 굽 이굽이 흘렀다. 푸른 물결은 시공을 초월한 모습이었지만 자동차 밖의 여유로운 풍경과는 달리 내 마음은 조급해지곤 했다. 남편의 회사로 가는 길이기 때문이었다. 나는 일주일에 서너 번 남편의 회 사에 출근하여 부족한 일손을 거들고 있다. 직원을 한 명 더 두는 것보다 인건비가 절약되니 가계에 보탬이 되는 좋은 일이었다. 하지만 집안일을 대충 마치고 서둘러서 회사로 향하는 내 발걸음은 그다지 가볍지 않았다. 찻물 끓어 향기로웠던 아침 기운과 거실을 가득 메웠던 텅 빈 고요에 미련이 남고 아쉬웠다. 그러다 보면 삶을 즐기며 자신의 일에 몰두하는 친구와 비교가 되곤 했다. 편안히 사는 친구에 비해 내 처지가 신산하게 느껴져 쓸쓸해졌다.

복잡한 마음으로 바라다본 아침 강은 햇살을 반사한 강물로 빛났다. 프리즘을 통과한 한 줄기 빛이 여러 갈래로 갈라지듯 수만 각도로 빛을 내며 강물은 반짝였다. 다이아몬드 빛만큼이나 영롱하고 화려한 강은 자동차 행렬이 줄지은 삭막한 도시를 따뜻하고 활기차게 만들었다. 강물은 그런 자신이 전혀 유별스럽지 않은 듯 유유자적 흐르고 있었다. 그런데 묵묵히 흐르던 강물이 갑자기 한 곳에서 흐름이 바뀌었다. 콘크리트 시설물이 있는 곳이었다. 강물은 강한 저항에 당황한 듯 반항하며 역류했다. 하지만 저항할 수 없는 흐름에 순응한 듯 다시 흐르던 방향으로 굽이굽이 흘러갔다. 강은 그쯤이야 아무 일도 아니니 괘념치 않겠다는 듯 유연하게 흘렀고, 강물의 출렁임은 물고기 비늘처럼 제각각 빛났다. 사는 일도 저런 것이려니, 내키지 않는 일도 받아들이며 살아가는 거려니 생각하자 비로소 무거웠던 마음이 스르륵 풀렸다.

인천과 반대 방향으로 차를 운전하다 보면 친정어머니가 계신 신답리로 가는 37번 도로를 탈 수 있다. 신답리는 한탄강 건너 경기도 연천군에 있는 작은 마을이다. 승용차를 운전하며 가다 보면 배꼽참외와 복수박 등을 광주리에 가득 담아 팔고 있는 과수원과,

약초와 산나물을 파는 시골 장터를 지난다. 어릴 적 보던 들판이 그리울 때면, 가끔 그곳에 간다. 이사를 오니 신답리와의 거리가 한결 가까워졌다.

아지랑이 가득한 봄 길을, 매미 울음소리 들리고 서슬 퍼런 강물이 흐르는 여름 강을, 바라만 보아도 풍요로운 황금색 가을 들판을, 귀 시려 손 시려 발 시려 투정부리며 걷던 눈 쌓인 겨울 산을 거쳤다. 그렇게 어린 시절의 봄여름 가을 겨울 긴 시간을 지나면, 마을 어귀에 나와 계시는 엄마 모습이 멀리 보였다.

살아오면서 강하지 못한 나 자신을 느낄 때가 많다. 그럴 때마다 자신의 주장을 확실하게 말하고 관철하는 친구가 부러웠다. 친구는 내가 술에 물 탄 듯, 물에 술 탄 듯 맹탕이라고 했다. 그런 성격 탓일까, 사통팔달로 뻗어나간 길들이 이쪽도 좋고 저쪽도 좋았다. 친구는 이러지도 저러지도 못하는 내게 가장 중요한 일에 올인하라 했지만 내게는 여러 갈래의 길들이 모두 귀하게 여겨진다. 언제까지나 이 길들의 가운데에서 모든 것에 관여하고 싶다. 내게서 시작된 길들이 시원스레 사방으로 뻗어나가고, 그 중심에 내가 서 있는 모습은 수십 번을 생각해도 질리지 않는다.

술

소음인이고 혈압이 낮은 내게 술은 좋은 음식이다. 한두 잔 정도 마시면 혈액순환이 잘되고 자신감이 상승되어 주위와 잘 어울린다. 자연스레 술을 마시는 횟수가 빈번해지고 주위에 함께 마시는 사람이 많아지고 있다. 술을 좋아하고 즐긴다는 일은 내게 세상과 소통하는 일인지도 모른다.

어느 날 모임이 끝난 후였다. 저녁을 먹고 술을 몇 잔 마시다 보니 귀가 시간에서 이미 벗어났다는 사실을 잊어버렸다. 일행은 2차를 끝내고 3차인 노래방까지 가려는 눈치였다. 거기서 끝을 내야 했다. 다음 날 서해안 자월도로 세미나를 가기로 약속되어 있기 때문이었다. 하지만 술이 가져다주는 자신감과 일탈은 자제력을 흔드는 마력이 있다. '나를 어떤 틀에 꼭 맞추고 살아야 하나?' 하는 배짱도 생겼다.

노래방까지 따라가서 노래하고 춤추며 객기를 부리고 나오니 푸르스름하게 동이 트고 있었다. 순간 정신이 번쩍 들었다.

시계를 보니 새벽 4시였다. 부랴부랴 집이 같은 방향인 일행과 택시를 잡아탔다. 남편의 화난 얼굴이 떠오르며 가슴이 쿵쿵 뛰었다. 시간이 어찌 그리 빨리 지나갔을까. 급류의 물살처럼 쏜살같이 지나간 시간이었다.

집에 도착하여 고개를 숙이고 살그머니 현관문을 열었다.

"다녀오셨습니까. 무사히 귀가해주셔서 감사합니다."

조심스레 들어선 내게 남편과 딸이 머리를 숙이며 공손히 인사를 했다. 부끄럽기도 하고, 야단치지 않고 맞아준 가족들이 고마웠다. 긴장이 풀리며 조마조마하던 가슴이 편안해졌다. 한시름 놓고 옷을 벗으려는 나를 도와주려는 듯 딸이 다가왔다. 내가 인심을 잃지 않았구나. 그동안 잘 살았나 보다. 내심 흡족한 마음으로 딸을 보았다. 쌍꺼풀진 동그랗고 총명한 눈과 마주쳤다.

"어머니, 어머니가 이러시면 딸인 제가 무엇을 배우겠어요?"

순간 서서히 펴지던 가슴의 주름이 다시 쭈그러지며 그 위에 무거운 돌까지 얹힌 듯했다.

침대에 누우니 세상이 빙빙 돌았다. 잠깐 눈을 붙이고 연안부두로 가야 했다. 가까스로 샤워를 하고 대충 짐을 꾸렸다. 다행히 남편이 쯧쯧 혀를 차면서도 운전대를 잡아주었다.

이른 아침의 고속도로는 혼잡했다. 사람들은 치열하고 열성적으로 살아가고 있었다. 내가 그동안 글을 쓴다는 구실로 안이하게 생활했구나, 나태했던 생활이 반성되었다. 고속도로는 정체가 심했고 약속된 시간은 얼마 남지 않았다. 무리한 앞지르기를 하고 차선을 바꾸는 일을 반복해가며 간신히 연안부두에 다다랐다. 하지만 타려던 배는 흰 거품과 모터 소리를 요란하게 남기며 바다 한가운데를 향해 저만큼 멀어지고 있었다.

지나침이 모자람만 못하다는 말이 있다. 술도 마찬가지다. 어느 날 꿈에서는 술을 마시며 생각 없이 떠든 말과 행동들이 부메랑이 되어서 내게 되돌아왔다. 꿈만으로 끝나지 않을지도 모르겠다. 술이 가져다준 커다란 위용은 나를 과장하고 포장하려는 마음에서 시작되었을 터였다. 어떤 나를 보여주고 싶어 술의 힘을 빌렸을까. 술을 마시기 전에, 술을 마시려는 나를 차분히 들여다보아야 할 시기인 것 같다.

他人에게 말 걸기

　요즈음은 휴대폰의 문자 메시지로 새해 축하 인사를 주고받는다. 카드나 연하장을 쓰고 보내는 수고를 덜고, 무엇이든 빠르게 해결하는 시대가 반영되었나 보다. 문자로 연말연시 덕담을 받다 보면 내용이 참신하고 신선한 것들이 많다. 간단한 문구를 새롭고 다채롭게 풀어내는 것이 가히 예술적 경지에 오른 이들도 있다.

　문자 메시지를 보면 보낸 이의 모습이 떠오른다. 같은 말이어도 하는 방법에 따라 격이 달라지듯, 같은 뜻이어도 어미 하나의 차이로 진정성이 다르게 느껴진다. 독특하고 참신한 문자를 보면 나도 멋진 답을 보내고 싶은 마음이 든다. 하지만 답 문자를 써놓고 나면 상대방에 비해 내 표현이 평범한 것은 아닐까, 평범한 인사가 성의 없어 보이지 않을까, 망설여진다. 잠시 갈등을 겪은 후 답 문자는 대부분 삭제되기 일쑤다. 신중함을 지나 우유부단의 극치가 아닌가.

　내게 문자 메시지를 꾸준히 보내주던 문우가 있다. 그녀는 심심하면 전화해서 전날 밤에 꾼 꿈 이야기부터 사소한 고민까지 생활

이야기를 쉼 없이 풀어낸다. 그녀의 지칠 줄 모르는 열정이 부러웠지만 한 시간 가까이 통화를 하면 그 시간에 해야 할 일들이 머릿속에 가득 찬다. 무엇이든 시작을 하면 끝장을 보는 성격 탓일까, 그녀의 이야기는 끝이 없다. 밤늦은 시간에도 서슴없이 전화와 문자를 하는 그녀의 열정이 부담스러워졌다. 어느 날부터인가 서서히 그녀의 전화를 피하기 시작했다.

두세 번의 전화에 한 번 정도 답을 했다. 급한 성격의 그녀는 내게 사람을 무시한다고 화를 냈다. 냉정하며 예의가 없다고 했다. 오히려 나는 그녀가 이해되지 않았다. 결국 허물없이 지내던 그녀와 형식적인 인사만 주고받는 사이가 되었다.

그녀와 그런 일이 있고 나니 오래전 친구가 들려주었던 비슷한 말이 떠오른다. 대학교 때, 강의가 끝난 후 카페에서 함께 음악을 듣다 헤어지던 친구다. 오후 내 함께 있다 헤어지고도 늦은 밤이면 다시 서로의 집으로 전화를 했다. 그 친구 역시 "경옥아, 너는 만나면 참 따뜻한데 전화로 얘기할 때는 쌀쌀맞게 느껴지더라."라고 했다.

함께 있을 때는 별 생각 없이 이야기하다 헤어진 후에 왜 그런 말을 했을까, 그 사람이 나를 어떻게 생각할까 하며 후회하는 일이 많다. 이런 나를 보며 남을 너무 의식하며 사는 것은 아닐까, 변덕이 심한 것은 아닐까 반성하다가 다른 사람들은 어떨까, 그들은 나와 많이 다를까 궁금했다.

살펴보니 그들은 차갑고 이성적인 사람, 뜨겁고 열정적인 사람, 그윽하고 조용한 사람 등 자신만의 색깔을 가지고 있다. 뜨겁고 정열적인 사람이 냉정함을 지니기도, 온화하고 조용한 사람이 어떤 일 앞에서는 누구보다 열정적이고 이성적으로 처리하는 경우도 있다. 한 사람이 다중적 성격을 보이기도 했다.

지극히 평범한 사람들이 여러 가지 성격을 가지고 있는 것은 어찌 보면 그 사람의 개성이 아닐까. 나무가 사철 옷을 갈아입듯 상황에 맞는 적절한 행동은 개성을 돋보이게 한다. 나무들은 계절마다 옷을 갈아입는다. 그리고 어느 계절에도 속하지 않으면서 자신을 변화시킨다. 한 계절에 정지한다면 뿌리내림도 성장도 없이 죽어갈 테니까.

어떤 색깔로 누구에게 보이는 게 중요한 것이 아니라 늘 주변의 기후와 온도를 살피며 다채로운 색깔을 가질 수 있도록 노력하는 것이 곧 나무의 자연스러운 생존법이다. 삶에도 그런 태도가 필요하지 않을까.

엄마들의 수다

얼마 전 호수공원으로 소풍을 다녀왔다. 동행한 사람들은 딸애 친구들의 엄마였다. 미리 약속한 대로 저마다 자신 있는 음식을 한 가지씩 준비했다. 그늘이 짙은 나무 밑을 찾아 돗자리를 깔고 모여 앉았다. 쑥떡과 두텁떡, 약식, 잡채, 김밥, 야채샐러드, 과일 등 가지고 온 도시락을 하나하나 펼쳐놓을 때마다 모두 환호성을 터뜨렸다. 분위기 좋은 음식점을 찾아다니며 가끔 만나는 모임이지만 알뜰한 주부가 된 듯 눈들이 빛났다. 서로에게 조리 방법을 묻고 답하며 음식을 먹으니 식욕이 더 돌았다.

아이들이 고등학교 일 학년 때 만난 탓인지, 아이들도 친하지만 엄마들도 동병상련을 겪은 친구들이 되었다. 여섯 중 한 명은 아들만 둘, 한 명은 딸만 둘을 가진 엄마였다. 나머지 넷은 아들과 딸을 함께 키우는 엄마들이었다.

한 달에 한 번씩 만나는 얼굴들이었지만 아이들이 커가면서 친구처럼 교분이 더욱 두터워져 갔다. 자세한 속사정까지야 몰라도 서로의 성격과 그녀들이 엮어나가는 집안 분위기들이 대충 느껴졌다. 그녀들은 세상 풍파를 크게 겪지 않고 온 정성을 기울여 아이들을 키운 전형적인 주부들이었다. 그녀들을 만나면 중산층의 안정되고 여유 있는 모습을 볼 수 있어 편안한 느낌을 받곤 했다.

상대방을 배려하고 아픈 곳을 건드리지 않는 기본적인 예의를 갖춘 사람들이어서 모임은 늘 부드럽고 온화하게 이루어졌다. 아이들이 진학한 대학에 관한 이야기와 학점 이야기, 아들과 딸에 대한 나름대로의 생각 등 서로 차이가 나는 부분에서는 상대를 생각하여 조심스럽게 이야기하지만, 이야기들을 나누다 보면 가끔은 그 선이 흐려졌다.

아이들 교육은 우리의 고교시절과는 사뭇 달랐다. 학교마다 학부모회라는 후원단체를 만들었다. 십시일반 돈을 모아 아이들 사설 모의고사비에서부터 여름철 에어컨 가동비, 심지어는 화장실 청소 용역비까지 대주기도 하였다.

처음에는 반감과 걱정이 앞섰다. 온전한 인격체가 되려면 춥고 더운 것도 참고 견딜 수 있어야 하고, 거칠고 싫은 일도 해봐야 할 것 같았다. 하지만 그 시간에 영어단어와 수학문제를 익히는 것이 경제적이고 효율적이라며 부모 대다수는 이의를 제기하지 않았다.

그런 아이들이어선지 자신의 방도 정리를 못하는 경우가 많았다. 등교한 후의 아이들 방은 옷가지와 책이 뒤섞여 있었다. 어지러운 방을 들여다 보면 대체 어디까지 정리를 해주어야 할지 한숨이 나왔다. 그런데 참으로 이상한 것은 아들의 방은 즐거운 마음으로 정리를 하게 되는데 딸애의 방은 달랐다. 치워주는 것이 습관이 되면 어떡하나, 결혼해서도 이러면 안 될 텐데 하는 마음이 앞서며 정리하는 일이 선뜻 내키지 않았다.

모임에서 화제가 그런 쪽으로 흘렀다. 아들과 딸을 함께 키우는 이들이 많다 보니 비슷한 상황이었다. 이야기에 열기가 더할 때 조용히 듣기만 하던 딸만 키우는 엄마가 입을 열었다. 그녀는 남녀평등의 시대에 아들은 해주고 딸은 안 해주면 집안일은 여자가 해야 한다는 것을 관습화시키는 것이 아니냐고 되물었다.

듣고 보니 그 말도 맞는 말이었다. 똑같은 환경에서 교육을 받고 부모의 헌신적인 배려로 큰 것은 아들이나 딸이나 같았다. 여자라는 이유만으로 펼쳐나갈 앞날에 가사라는 짐을 지고 가는 일은 남녀평등의 선에서 정당한 출발은 아니었다. 은연중에 남녀 차별이 습관으로 익혀지는 가정과 독립적으로 사는 것을 가치로 두는 가정에서 자란 남녀가 만난다면 심각한 문화 충돌도 예상되었다.

아이들에게 올바른 가치관을 심어주는 일은 유능한 과외선생을 선별하여 공부시키는 것보다 더 중요하고 우선되어야 한다. 두 아이의 방 앞에서 고민에 잠긴다. 아들 딸 둘 다 치워줄까, 둘 다 치워주지 말까? 어떤 것이 진정한 21세기의 올바른 교육인지 확신은 서지 않는다. 하지만 아들은 남자답게, 딸은 여자답게 커서 역할에 맞는 행동을 하며 사는 것이 솔직한 바람이다.

제3부

수국

초록빛 호수공원에 수국이 소담스럽다
고향집 담장에 피던 모습이다
"엄마, 저 왔어요!'
소리 지르면 담장 뒤에서 젊은 어머니가 달려 나올 것 같다
수국의 꽃말은 성냄, 변덕스러움, 냉담한 당신으로,
둥그렇고 풍성한 일상과 어울리지 않는다
어울리지 않는 것이 어찌 그뿐이랴
도심과 자연, 파격과 절제, 너와 나
비어 있음과 채워 있음이 하나이듯
세상의 조화를 환한 수국을 통해 배운다

두 분의 어머니께 전화를 건다
"어머니, 목소리 듣고 싶어 전화 드렸어요."
두 어머니의 웃음도 저 여름 꽃처럼 함박 터질까

신답리 가는 길

통일동산의 시원한 8차선 도로를 달리다가 37번 국도로 들어섰다. 마음이 두근거린다. 신답리로 가는 길이기 때문이다. 신답리는 한탄강을 지나 전곡에서 한참을 더 들어간, 소설 「깡통따개가 없는 마을」이 연상되는 조그만 동네이다. 내가 태어난 곳은 아니어도 그곳에서 어린 시절을 보냈기에 내게는 고향이나 다름없는 곳이다. 그리고 그곳은 내게 비밀스런 첫사랑의 연서와 같은 곳이며, 생각만으로도 노란 프리지어 향내가 풀풀 날리는 정겨운 곳이다.

서울에 살던 우리 가족은 내가 세 살 때 그곳으로 이사를 갔다. 그러다가 초등학교 3학년 때 다시 서울로 올라오면서 할머니만 그곳에 홀로 남으셨다. 엄마는 보름에 한 번씩 반찬과 빨래를 해서 할머니를 찾아뵙곤 하셨다.

오빠와 나도 방학 동안은 할머니가 계신 신답리에서 보낸 적이 많았다. 그때는 기차를 타고 전곡에 내려 다시 버스를 타고 신작로를 달려야 했다. 포장되지 않은 길이라서 달리던 버스는 온통 흙먼지를 뒤집어쓰곤 했다. 흙먼지 위로 새로운 흙먼지가 쌓여 켜를 이룬 뒷유리창을 보면 새롭게 시작되는 방학이 실감났다. 산길을 굽이굽이 돌아 마을도 지나고 군부대도 지나고 냇가도 지나는 동안, 눈앞에 보이는 시골의 정경은 앞으로 시작될 방학에 대한 기대로 내게 커다란 호기심을 발동시켰다.

여름밤이면 대청마루에 앉아 삶은 옥수수를 먹으며 집안 내력을 듣곤 했다. 몇 대에 걸친 이야기들을 듣다 보면 풀벌레들도 한몫 거드는 듯 밤새 울음을 그치지 않았다. 밤하늘 가득 떠 있던 별들은 어찌나 촘촘한지 긴 장대로 건드리면 후드득 쏟아질 듯했다. 낮에는 또래의 아이들과 강에서 송사리를 쫓거나 고동을 잡았다. 강 한쪽에 떠 있는 나룻배는 우리의 성(城)이었다. 나룻배에 올라가 강물을 내려다보는 일은 강물 속에서 수영을 하는 것과는 또 다른 쏠쏠한 재미가 있었다. 송사리 떼가 훤히 보이는 강물은 작은 여울을 만들며 흘러갔다. 나룻배에서 코를 잡고 그 강물에 풍덩 뛰어드는 놀이도 우리를 마냥 즐겁게 했다. 놀다 보면 한낮의 해는 어느새 서쪽 하늘로 뉘엿뉘엿 지고, 그럴 때면 이유 없는 쓸쓸함과 허전함으로 집으로 뛰어가곤 했다.

그런 방학 동안의 시골 생활은 내가 중학생이 되면서 공부를 핑계로 줄어들었다. 몇 년 후 할머니도 서울 집으로 올라오신 후에는 추수한 곡식을 거둘 때에만 그곳에 들렀다. 나이를 먹으면서 가슴이 저리도록 푸른 한탄강과 바람에 일렁이는 황금 가을 벌판은 자연스레 서서히 잊혀졌다. 농촌의 여유로움보다 영어단어와 수학공식이 더 중요한 시간이었다.

바쁘게 십 대와 이십 대를 보내고 어느덧 나는 서른을 훨씬 넘은 중년의 나이에 들고 있다. 어린 시절에서 몸도 마음도 멀어졌다. 지금 살고 있는 부평이 신답리나 친정집이 있는 옥인동 골목보다 더 애착이 간다. 그러나 한편으로는 신답리가 생각만으로도 잠자는 나를 깨우고, 피로에 지친 마음에 위안을 준다.

잡히지 않는 산토끼를 잡으러 눈 덮인 뒷산을 헤매던 기억, 꽁꽁 언 한탄강 빙판 위에서 스케이트를 탈 때 심연에서 쩌렁쩌렁 울려오던 얼음 트는 소리는 아직도 눈에 선하고 귀에 쟁쟁하다. 초저녁, 고사 지낸 떡을 나르는 나를 따라오며 발등을 밝혀주던 달빛은 세월이 흐른 지금에도 변함없이 나를 동심의 세계로 끌고 간다.

얼마 전 친정 엄마께서 신답리 솔밭 앞에 아담한 집을 지으셨다. 차가 밀리고 시간이 오래 걸리는 먼 곳이지만, 엄마가 그곳에 계신 한 신답리는 언제나 내 고향이다. 아이들에게도 한가로운 농촌 풍경과 아름다운 서정을 마음에 담아주려고 오늘도 나는 신답리행을 계획한다.

라일락 향기

　새벽에 잠을 깨어 시계를 보니 다섯 시였다. 조금 더 자고 싶어 이불을 끌어당겼다. 이불 속에 남겨진 체온이 몸을 안온하게 감싸 주었다. 그 순간 운동으로 새벽 등산을 시작했다는 선희엄마가 생각났다. 젊은 몸매를 유지하며 늘 생기발랄한 그녀도 산을 오르는데, 그저 잠만 자고 있을 수는 없었다.

　운동복 차림으로 집을 나섰다. 동트기 전의 어둠은 고요하고 침착했다. 어스름한 동네를 벗어나 등산로 입구에 들어서니 등산객이 하나 둘 눈에 띄었다. 상큼한 공기가 콧속으로 들어왔다. 산 정상까지 다녀오려면 두 시간은 족히 걸려야 했다. 아무래도 아침 시간에는 무리였다. 낮은 산봉우리에 있는 팔각정까지만 다녀오기로 하고 부지런히 산을 올랐다. 목덜미로 파고드는 시원한 바람에는 긴장을 풀어주고 기운을 회복시키는 꽃향기가 묻어 있는 듯했다. 산행 길에 만난 사람들도 땀에 젖어 있지만 힘들어 보이지 않았다.

　내려오는 길에 동네 어귀에서 청소를 하고 있는 할아버지와 마주쳤다. 대가를 받는 것도 아닌데, 매일 거르지 않고 동네 청소를 하는 훌륭한 노인이셨다. 할아버지는 연두색 플라스틱 빗자루로 익숙하게 비질을 하셨다. 빗자루가 지나간 곳은 예쁜 곡선들이 연속무늬를 그렸다. 흙길에 그려진 작품을 망친 듯해 조심스럽게 지나오며 "수고가 많으시네요." 하고 말을 건넸다. 할아버지는 눈가에 깊은 골을 패며 멋쩍게 웃으셨다. 검은 살갗에 작은 체구였지만 어느 멋진 배우의 웃음보다 더 매력적으로 보였다. 인생의 깊은 향기가 밴 웃음 때문이 아닐까 싶었다.

얼마 전, 같이 글을 쓰는 친구에게서도 이런 향기를 느낀 적이 있다. 모임이 끝난 후 그녀와 함께 차를 타게 되었다. 오랜 시간을 함께했기 때문인지 스스럼없이 아이들 이야기에서 가정사까지 나누게 되었다. 그녀는 격의 없이 남자 친구 이야기를 하였다. 학교 동창인 친구가 그녀의 집 동네를 지나던 길에 문득 생각이 났다며 그녀에게 전화를 해왔단다. 그녀는 친구에게 "만두나 먹고 가라." 해서 동네 어귀에서 함께 만두를 먹었다는 얘기였다. "만약 이웃집 여자가 그 모습을 보았으면 외도나 하는 여자로 오해를 받았겠지?" 하며 그녀는 웃었다.

평상시 그녀는 얼굴이 예뻐서 주목을 받거나, 옷차림이나 행동이 우아하고 세련되어 시선을 받는 사람은 아니었다. 그런데 대화를 해보니 자신보다 가정을 우선으로 하며, 남을 의식하지 않고 늘 당당하고 솔직했다. 그녀의 그런 점이 친근하게 다가왔다. 풋풋하고 싱그러운 들꽃 향기처럼 화려하지는 않아도 수수한 아름다움이 느껴졌다.

사람들에게는 저마다 독특한 향기가 있다. 남을 위해 사는 삶에

서 풍기는 고상한 인품의 향기일 수도 있고, 자신의 삶을 충실히
살아갈 때 느껴지는 건강한 생활의 향기일 수도 있다. 나는 어떤
향기를 지니고 있을까? 만날수록 감칠맛 나고 청초하면서도 아련
한 라일락 향기를 지니고 싶다면 너무 큰 욕심일까?

성희

"엄마, 이것 좀 가르쳐주세요."

저녁 설거지를 끝내고 신문을 읽고 있는 내게 초등학교 6학년인 딸애가 무엇인가를 내민다. 하얀 옥양목을 꼭꼭 다잡아 끼운 수틀이다. 수틀 속의 나리꽃 도안은 이미 몇 가지 수로 옷을 입기 시작하고 있다. 선생님이 시범으로 놓아주셨나 보다.

"너희도 이런 걸 배우니?"

"특활시간에 수예반을 들었어요. 그 시간에 배우는 거예요."

"컴퓨터반도 있고, 독서반도 있고, 미술반도 있을 텐데 왜 수예반에 들었어?"

"그런 것은 따로 배울 수 있지만 수예는 잘 배워지는 것이 아닌 것 같아서요."

수예반은 생각 밖이다. 조금 전 읽은 신문기사에는 아이들의 놀이 문화가 정적인 것에서 동적인 것으로 바뀌고 있다고 했다. 선택도 의외지만 선택에 대한 이유가 신통하다.

딸애는 12개월 터울로 남동생을 두었다. 때문에 걸음마를 하며 예쁜 짓으로 한창 귀여움을 받을 때부터 시작된 누나 노릇이 가끔은 힘에 부쳐 보였다. 자라면서도 남동생보다 사랑을 덜 받는다고 느끼지는 않을까, 마음이 쓰였다. 그런 아이가 생각을 논리적으로 표명하는 모습을 보니 대견스럽고 애틋하다.

딸에게 수틀을 건네받았다. 수틀을 보니 여고 때 수예시간이 떠오른다. 하얀 베갯잇에 색색의 수실로 입술을 다문 봉오리, 말문이 조금 열린 듯 피기 시작하는 봉오리, 거칠 것이 없이 활짝 핀 꽃 등 꽃밭을 수놓았다. 조용히 수를 놓다 보면 내가 꽃이 되기도 하고 나비가 되기도 하는 상상으로 수예시간이 짧게 느껴졌다.

중학교 1학년 때 일도 생각났다. 소풍을 다녀온 다음 날이었다. 선머슴 같던 우리는 수예시간에 선생님 눈을 피해 전날 남은 과자와 초콜릿을 먹으며 수를 놓았다. 그 모습을 본 가정 선생님은 한 시간 내내 주의를 주셨다. 여러분들은 이제 아이가 아니라 여성이 되어야 한다는, 얼떨결에 들은 여성학 강의는 지루하고 따분했지만 지금까지 잊히지 않는다.

이런저런 생각이 많았나 보다. 수틀을 잡고 있는 팔을 아이가 흔든다. 딸은 내게 수놓는 일을 도와달라고 한다. 딸애가 처음으로 배우는 수를 함께 놓다니. 앞으로 아이와 함께 해나갈 것들이 많겠지만 이처럼 의미 있는 일이 또 있을까.

우선 빨간색 수실을 바늘에 꿴다. 매듭을 묶은 후 흰 옥양목 뒤편에서 바늘을 찌른다. 바늘은 무에서 유를 만들기 위해 태어난 전사다. 전사의 뾰족한 코로 옥양목을 한 땀 찌른 후 뒤따라오는 수실을 허리에 감아 하늘로 치켜 올린다. 여유를 주지 않고 바탕천을 다시 찔러 뒤의 실을 끌어당기니 샐쭉해진 동그라미가 생긴다. 같은 방법으로 꽃잎을 채워가며 사슬을 엮어나간다. 이번에는 색을 바꿔 연분홍 수실을 바늘에 꿰어 본다. 바늘은 단정하게 첫걸음을 옮긴다. 꽃잎의 끝에서부터 가운데 부분까지 새틴스티치를 놓는다. 바늘이 들어와서 나간 곳까지를 직선으로 채우는 평범한 수이다. 반복해서 면을 메우다 보면 평범한 것이야말로 다른 것과 조화가 가장 잘 됨을 알 수 있는 수법이다.

꽃잎 하나는 내가 수를 놓았으니 다른 꽃잎은 딸아이 차례다. 딸아이는 제법 매무새를 갖추고 수틀을 잡는다. 이 손에서 저 손으로 번갈아 오간 후 나리꽃 두 송이가 한껏 자태를 뽐낸다. 꽃잎들 중심에 노란색 수실로 프렌치넛 스티치를 놓는다. 바늘을 뽑은 후 다시 한 번 바늘을 뒷면에서 앞면으로 반쯤 뽑아 허리에 수실을 두 번 감은 후 가만히 누르며 빼낸다. 옆으로 다시 바늘을 넣고 프렌치넛 스티치를 해 나가니 씨앗들이 생긴다. 바람이 불면 후두두 날아갈 것 같은 동글동글한 씨앗들이다.

자연 속의 한 송이 꽃도 햇빛, 바람, 비가 함께 수고를 아끼지 않아야 아름다운 꽃이 핀다. 수틀의 꽃도 정성이 들어가야 생명력 있는 형체를 얻는다. 천을 팽팽히 잡아당기고 한 땀 한 땀을 신중히 놓으며 바늘이 들어오고 나가는 위치가 정확해야 한다. 수실의 색과 수법이 조화로워야 완성되었을 때 우아하고 품위 있는 자태가 드러난다. 수를 건성건성 놓거나 대충 조합을 맞추다 보면 뜯어서 새로 놓을 수도 없고 버리기도 아까운 졸작이 나온다.

씨앗수를 놓은 후, 바늘을 뒤로 뽑아 매듭을 짓는다. 완성된 수틀에는 두 송이의 꽃이 마주 보고 있다. 화려한 자태는 아니어도 무난하고 자연스럽다. 딸아이의 얼굴은 만족감으로 보름달같이 환하다. 성희(誠嬉). 정성 성, 아름다울 희 자를 쓰는 아이. 그 아이가 활짝 웃는다. 아이가 잡고 있는 수틀 속의 꽃도 활짝 피어 웃는다.

짝짝이 양말

　집 근처에 계양산이 있다. 계수나무와 회양목이 많아 계양산으로 이름 지어진 산이다. 나는 이 산에 아침마다 오르곤 한다. 아이들이 일어나기 전에 새벽 등산을 다녀오는 것이다. 정상에 올라가면 밝아오는 아침과 산 밑에 촘촘히 들어선 집들을 보곤 한다. 산 밑의 집들을 내려다 보면 문득 살아가는 일이 보잘것없고 사소하게 느껴진다.

　내게 속했던 것들을 한 걸음 물러서서 보는 여유를 갖고 난 후, 산을 내려오는 발걸음은 가볍다. 그리고 새로운 하루에 대한 기대감으로 상쾌하다.

　계양산을 아끼고 사랑하는 이유는 내 삶의 길동무가 되어주어서이기도 하지만 또 다른 이유가 있다. 산 뒤편으로 아버님이 힘들게 장만한 야산과 밭이 있기 때문이다.

　아버님은 1·4후퇴 때 연안에서 큰시누이를 데리고 이곳으로 피난을 내려왔다. 아무 연고도 없는 이곳에서 아버님은 많은 고생을 한 후 계양산 뒤편의 산자락 끝에 목장을 마련했다. 지금은 착유기가 있고 우유 차가 있지만 그때만 해도 일일이 손으로 짠 우유를 남대문 근처에 있는 조합까지 실어 날라야 했다. 다른 목장들은 중간 도매인들에게 맡겼으나 한 푼이 아쉬웠던 아버님은 직접 그 일을 모두 소화했다. 우유 통을 지게로 지고 버스를 네 번이나 갈아타는 일도, 농사를 짓고 풀을 베어 소에게 먹이는 일도 아버님에게는 모두 어렵고 힘에 부쳤다. 고향에서 한 번도 해보지 않은 험한 일들이었다. 더구나 아버님은 연세가 많아 다른 사람보다 더 힘이 들었고 노력한 만큼의 결실도 나오지 않았다. 그러나 아버님은 손발이 굳은살과 상처투성이가 되도록 묵묵히 자신의 일을 하였다. 이렇게 아끼고 절약하여 모은 돈으로 당시에는 헐값이었던 계양산 뒷자락에 임야를 마련하게 되었다. 땅을 산 후 아버님은 그동안의 고생에 설움이 복받쳐 술을 마시고 엉엉 우셨다고 한다.

송아지 한 마리에서 시작하여 삼사십 마리가 되는 목장이 되기까지 아버님은 한결같이 검소했다. 내가 시댁에 처음 인사를 가던 날도 아버님은 짝짝이 양말을 신고 계셨다. 내 시선이 아버님 발에 머물자 남편은 "아버지는 우리가 신다 버린 양말을 모아놓았다가 저렇게 하나씩 꺼내 신어." 하며 겸연쩍게 말했다. 하지만 아버님은 결혼 후 우리가 큰 집으로 옮길 때에 소 열 마리를 선뜻 팔아 내준 대범한 어른이셨다.

함께 살게 되었을 때, 아버님은 큰며느리인 나를 무척 아껴주셨다. 노인정에서 친구를 사귀면 집으로 모시고 와서 내가 내놓는 국수며 차를 대접하기를 즐기셨다. 아마도 며느리를 자랑하고 싶었던 속내가 있었던 것은 아니었을까. 또한 내가 도서관의 문학 강좌를 들으러 가는 날은 연년생인 아이들과 놀이터에도 가고, 내 대신 유치원에서 오는 아이들을 돌보기도 했다. 내가 어쩌다 백일장에서 상을 타오면 내게 '축하금'이라 쓰인 흰 봉투를 멋쩍게 내밀기도 하셨다. 돈의 액수보다 담겨진 뜻에서 아버님의 깊은 자애로움을 느낄 수가 있었다.

완고하고 보수적인 아버님은 자신의 의지를 거스르는 것은 용납하지 않았다. 한번은 남편 직장 동료들이 집에 와서 저녁을 먹은 후 늦게까지 화투를 치며 놀았다. 그날 늦은 시간까지 화투 치기가 계속되자 아버님은 거실로 나와 불같이 호령을 내린 적도 있다.

"당신들, 왜 우리 집에서 노름을 하는 거요!"

당황한 사람들이 집으로 돌아간 후, 남편은 내 집에 온 손님에게 그럴 수가 있느냐며 아버님께 화를 냈다. 하지만 아버님은 내 집에서 노름하는 짓은 못 본다며 한 치의 양보도 없으셨다.

몇 년 전 추석, 차례를 지낸 우리 가족은 바람도 쐬고 밤도 딸 겸, 송편과 과일을 준비해 아버님과 산으로 갔다. 아람이 벌어진 밤송이가 가을바람에 툭툭 떨어졌다. 아버님은 밤송이를 보며, 알이 작지만 단단하고 맛이 있는 토종 밤나무와 알이 굵은 일본 밤나무의 차이를 하나하나 가르쳐주셨다.

"이 산이 내 모든 것이지. 이곳 돌 하나하나에도 정을 주며 밭을 일구었어."

길가 풀 한 포기에도 자손들을 대하는 것처럼 따뜻한 눈길을 주셨다. 들풀은 화답이라도 하듯 몸을 살랑거렸다. 마치 아버님과 싱그러운 귓속말을 속삭이는 듯했다. 아버님 표정은 아기가 엄마 품에 안겼을 때처럼 편안해 보였다.

그랬던 아버님의 기력이 점점 떨어져갔다. 치매로 거동도 못하고 하루 종일 방 안에서 몸을 반쯤 누운 채로 보내시게 되었다. 이성도 거의 마비된 듯했다. 시도 때도 없이 배고프다, 밥 달라, 에미 애비 어디 있느냐 하며 외치셨다. 긴 병에 효자 없다는 말이 맞았다. 아버님께 극진했던 남편과 친정아버지 대하듯 따랐던 나도 어느 때는 아버님이 버겁게 여겨졌다.

산이 자연스레 숲을 이루고, 숲이 겨울을 나려면 허물을 벗어 모두 털어내듯이, 생로병사도 의지대로 되는 것이 아니라 자연의 섭리를 따라야 했다. 몇 년을 누워 계시던 아버님이 급기야 돌아가시고 말았던 것이다. 화려했던 단풍이 낙엽으로 떨어지듯 아버님이 이승의 끈을 놓고 긴 여행을 떠나는 것도 자연의 이치였다.

아버님이 돌아가신 후에도 산은 봄이면 달콤한 아카시아 향기로 가득 찼고, 여름이면 짙푸르고 우람한 그늘로 더위에 지친 이들의 휴식처가 되었다. 가을이면 고운 색 옷으로 갈아입고 축제를 벌이듯 흥겨웠고, 곧이어 온통 흰 눈으로 덮였다. 세상의 모든 것을 담담히 포용하는 모습이었다.

오랜만에 아버님과 함께 오르던 산을 아이들과 함께 걸었다. 벌어진 아람들이 바람이 불자 이곳저곳에서 후두둑 떨어졌다. 아버님이 가르쳐주셨던 일본 밤나무 아람이었다. 아기 주먹만 한 밤알들이 반짝반짝 윤이 났다. 자손들에게 남겨진 유산의 의미가 새삼 느껴졌다. 나는 허리를 굽혀 아람을 주우며 아버님께 나직이 인사를 여쭈었다.

'아버님은 제게 이 산과 같은 분이셨어요. 말없이 큰 그늘이 되어주셨지요. 아버님께서 자손들에게 삶의 터전을 마련해주셨듯이, 저도 가족들에게 마음의 터전이 될 수 있도록 근검과 절약을 행하며 살겠습니다. 아버님의 짝짝이 양말을 늘 떠올리면서요.'

우연한 초대

얼마 전까지 '은행나무 신드롬'이란 유행어가 있었다. 〈은행나무 침대〉라는 영화의 여파로 여대생들이 전생을 알기 위해 점집을 찾는 일이 빈번해진 것을 두고 하는 말이었다.

불교는 전생과 내생에 대한 철학이 깊다. 나는 불교에 대해 잘은 모르지만 어렸을 때 할머니께서 아침저녁으로 천수경, 지장경 등을 염불하시고 식구들 모두 할머니 신앙을 따랐기에 자연스럽게 불교 신앙을 갖게 되었다. 꼭 그런 이유만은 아니지만 나는 사람의 인연을 소중히 여겼다.

며칠 전, 아버님 생신날은 그런 것을 다시 생각하게 하였다.

"어서 들어오세요!"

인사를 하며 집 안으로 들어오는 노인들을 얼추 세어보니 열 분이 넘었다. 행색이 남루하고 거동이 불편해 보이는 분도 계셨다. 평소 아버님과 친한 풍채가 당당하고 음성도 괄괄한 장 영감님도 눈에 띄었다. 아버님이 장 영감님께 내일 모레가 내 생일이니 점심이나 같이 하자 청하셨다. 아마 몇 분만 모시기가 불편해 노인정에 모였던 어르신들을 전부 모시고 오신 것 같았다. 평소 아버님과 가까이 지내던 분들보다는 새로 뵙는 어르신들이 더 많았다.

기왕에 준비한 음식인데 한 분이라도 더 드시게 하는 것이 좋겠다는 생각이 들었다. 상을 차리며 고기를 굽고 술도 준비했다. 상을 차려드리고 한참 지난 후에 들어가 보았다. 모자라는 것은 없나, 맛있게들 드시나 하며 어르신들을 살피다가 순간 한 영감님과 눈이 마주쳤다. "어머, 저분은 말 리어카 할아버지신데……." 나도 모르게 튀어나온 말이었다.

8년 전이었다. 딸애가 세 살, 아들아이가 두 살 즈음이었다. 그때 우리 가족은 빌라촌에 살았다. 똑같은 단독주택 열 채가 네 줄로 서 있던 집이었다. 한 집에 적어도 두 가구는 살도록 설계가 되어 있어 골목은 항상 고만고만한 아이들로 늘 붐볐다.

그 골목길에 매일 말 리어카를 끌고 오는 할아버지가 계셨다. 아장아장 걷는 아이를 따라다니다 보니 나도 할아버지와 안면이 생겨 가벼운 인사말을 나누게 되었다. 할아버지는 조그만 체구로 아이들을 일일이 안아서 말을 태우고 내려주었다. 젊은 내가 보기에도 힘겨워 보였다.

어느 봄날, 나들이를 겸해서 계양산 밑 양지 둔덕에서 파릇이 올라오는 냉이를 캐왔다. 냉이와 조개를 넣고 된장찌개를 끓였다. 그리고 사양하는 할아버지를 모셔와 아버님과 겸상으로 점심을 대접하였다. 아버님은 아버님대로 흐뭇해하셨고, 할아버지도 따뜻한 점심을 달게 드셨다. 지금 눈이 마주친 노인은 바로 그분이었다. 노인도 나를 기억하는지 잠시 놀라는 눈치셨다.

불가에서 옷깃을 한 번 스치는 것도 전생에서 삼천 번 만났던 인연이라 했다. 그런데 생면부지 노인에게 8년에 걸쳐 두 번 식사 대접을 했으니, 우연일 수도 있겠으나 무심히 흘려보내기에는 예사롭지 않은 인연이었다. 전생에 그 노인께 갚아야 할 빚이 남아 있지 않았나 생각되었다. 혹은 다음 생에서 좋은 이웃으로 만날 인연을 미리 지어놓으려 한 것일지도……. 그런 생각이 드니 그날그날 반복된 평범한 일상에서 만나는 모든 것도 서로 인연을 맺고 푸는 과정이라는 생각이 들었다.

오늘은 전생과 내생을 연결 짓는 한 부분일지도 모른다. 그리 생각하니 가족으로 이웃으로 만나는 얼굴들이 모두 귀하고 소중히 여겨진다.

끈

　TV에서는 '만남' 열풍이 불고 있다. 군대 간 아들을 찾아간 어머니, 연병장이 떠나가도록 젊은 군인들이 어머니를 외쳐 부르면 한 어머니가 한복을 입고 걸어 나온다. 그러면 한 사병이 뛰어나와 자신의 어머니를 부둥켜안는 장면. 그 영상을 보며 부모를 생각하는 젊은이들의 눈물 젖은 눈매가 클로즈업된다. 자식을 군대에 보냈던, 지금 보내고 있는, 앞으로 보낼 부모들은 이 장면에서 모두 눈물을 흘리지 않을 수 없을 것이다.

　어렸을 때 미아가 되었다가 성인이 되어 부모와 형제를 찾아나서는 프로를 본 적이 있다. 오래전 피치 못할 사정으로 누군가에게 마음의 빚이나 정신적인 빚을 지고 뒤늦게 용서를 비는 프로도 있었다. 그러한 만남들은 살아온 풍파와 애환이 담겨 있어 보는 이의 가슴을 아프게 한다. 그러한 만남이 있을 땐 모두 감동을 받고 눈물샘이 젖게 마련이다. 그중에서도 가장 극적이고 마음이 아픈 만남은 해외 입양된 자녀가 장성하여 찾아와 친부모와 뒤늦게나마 상봉하는 장면이었다.

자식을 입양시킨 부모의 상황을 재현하는 드라마에선 하나같이 가난과 구타, 병적인 술버릇이 등장한다. '그래 말 못할 사정이 있었겠지. 부모가 오죽하면 자식을 버렸을까.'라는 동정심이 들기도 하고, "나는 왜 부모와 조국에게 두 번씩 버림을 받아야 했는지, 나에 대한 정체성으로 고민을 많이 했어요."라며 덤덤하게 말하는 젊은이들을 보면 눈시울뿐 아니라 마음까지도 붉어진다.

언어와 피부색이 다른 곳에 입양되었을 때 얼마나 놀라고 주눅 들었을까. 커가며 부모가 친부모가 아니라는 사실만으로도 충격이 있을 텐데, 인종차별까지 겪어냈을 사춘기 시절은 어땠을까. 그래도 찾아준 엄마 등을 두드리며 "나는 괜찮아요. 엄마, 사랑해요." 라고 말할 때면 가슴이 미어지고 저려온다. 하지만 방송을 타는 사람들은 입양에서 성공한 케이스라고 한다. 몇몇 소수 인원을 뺀 나머지 젊은이들은 지금도 이국의 어느 거리에서 방황하고 있을지도 모른다.

프랑스에서 태권도장을 하는 한 입양된 청년이 어머니와 만나는 장면을 보았다. 만남 자체가 감동적이기도 했지만 상봉 뒤의 여운 또한 오래 지속되었다. 곱게 나이 든 어머니와 잘생긴 청년, 자신감 있는 태도 등이 그러했다. 어머니는 '자식을 버린 어미가 무슨 영화를 누리겠는가' 하는 뉘우침으로 종교단체에서 봉사를 하고 있었다. 그녀는 봉사를 하면서도 "제가 자식을 버렸습니다. 하지만 당신께서는 그 아이를 거두어주실 줄 믿습니다." 하며 기도를 했다고 한다. 청년은 청년대로 어려움이 있을 때마다 "나는 혼자가 아니야. 어머니가 내 뒤에 있어. 지금도 나를 위해 기도하고 계실 거야." 하며 기운을 냈다고 했다. 어머니와 아들 사이에 텔레파시가 작동되었는지, 믿음이라는 끈이 연결되어 서로 힘이 되며 건강한 삶의 원동력이 된 것 같아 가슴이 뭉클했다.

　뒤늦게나마 해외 입양아에 관심을 보이는 프로를 보며 공영방송에 대한 믿음과 신뢰가 생겼다. 어찌 보면 해외 입양국 1위라는 오명을 스스로 인정하는 모습일지도 모른다. 하지만 치부를 가리기보다는 스스로 인정하고 끌어안아 상처를 치유하려는 당당한 모습이 보기 좋았다.

　첫걸음을 떼었으니 앞으로 국내 입양, 미혼모 예방 등 해결해 나가야 할 일들이 많다. 그중에서도 우선되어야 할 일은 국제 입양아들에게 정체성을 찾아주는 일이 아닐까. 아직도 이국의 거리에는 방황하는 젊은이들이 많다. 어두운 거리에서 헤매고 있을 젊은이들에게 뿌리를 찾아주어야 한다. 어느 곳에 살고 있든 뿌리가 깊어야 줄기도 건강하고, 잎도 무성해질 것이기 때문이다.

경계에 서다

시간과 공간의 경계가 되는 지점을
우리는 끝이라 말한다 끝은 시작을 품고 있다
끝과 시작이라는 말은 연속되고 순환하는
우주 안에서 너와 나의 거리만큼
더함과 나눔의 경계만큼
불투명하고 불명확하다

어디까지가 끝이고 어디부터가 시작일까
너와의 거리를 재려면
친구, 연인, 부부, 동반자 어느 자가 필요할까
더하여 나를 이롭게 한다는 것은 무엇이고
나누어 덜어낸다는 것은 어떤 자유로움일까

만 배 기도

내가 사는 아파트의 숲을 지나 주택가를 벗어나면 정발산이 있다. '정발산' 이라는 이름은 '솥뚜껑을 덮어놓은 듯이 평평하다' 라는 데서 유래되기도 하고, '모든 것의 가운데가 되라' 는 뜻으로 임금자리 '정(鼎)' 자를 썼다는 말도 있다. 위정자의 근본인 중용을 실현하고 있는 듯한 의젓한 풍모도 좋지만, 솥뚜껑처럼 편편한 지형으로 넉넉하게 사람을 맞아들이는 품새도 마음에 들었다.

정발산 아래에는 여래사라는 절이 있다. 유교의 국풍을 피해 깊은 산 속으로 갔던 절이 이제는 보무도 당당하게 마을 곁으로 돌아온 듯했다. 나같이 게으른 사람에게는 좋은 일이었다. 입시준비를 하는 아이들은 휴일에도 아침을 먹고 학원으로 독서실로 향했다. 일요일이 평일보다 더 바쁜 남편은 분주히 테니스 코트로 출근했다. 그러면 나는 집을 혼자 독차지했다.

베란다 창으로 여과 없이 들어오는 햇빛바라기를 하는 것도 좋지만, 어느 때인가부터 일요법회를 나가기 시작했다. 사람들을 따라 관세음보살을 염하며 절을 하고, 반야심경을 읊조리면서, 큰스님께 법을 청하는 청법가를 부르는 사이에 차츰 사찰 문화에 익숙해져 갔다. 절은 이런저런 법회를 연결시키며 신도들을 항시 부처님 곁에 머물게 했다. 사경도 하고, 불교대학 강의도 들었다. 지금 겪고 있는 모든 일이 과거의 내 인연으로부터 온 것이라는 인연설은 나를 많이 돌아보게 해주었다.

큰아이가 고 3이었던 작년에 이어 작은아이가 고 3이 되었다. 올해는 작년보다 더 마음이 쓰이고 긴장되었다. 회사의 급한 일이 아니면 꼭 법회에 참석하려고 노력했다. 다른 고 3 엄마들이 하나같이 정성을 쏟는 모습에 나 또한 열심히 관세음보살님을 부르곤 했다.

총무스님이 올해는 수능 백일기도 중에 소원 성취 일만 배 기도를 하겠다고 말씀하셨다. 가냘픈 체구로 삼백 명 신도를 이끌며 만 배를 하겠다는 스님의 열정은 이해가 가지만 하루에 천 배씩 열흘을 한다니, 엄두가 나지 않았다. 옆에 앉은 이가 자신은 하겠다고 나섰다. 소원 성취가 기도의 목적이니 안 할 수도 없는 일이었다.

기도 첫날, 법당 안은 신도들로 가득했다. 이 많은 사람들이 모두 소원을 빌고 다른 절에서도 소원을 빌고 또 다른 종교에서도 기도할 것이다. 세상을 살며 이루어야 할 소원은 너무 많았고, 그것을 이루기 위해서는 더 많은 노력이 필요했다. 무엇이든 뼈를 묻겠다는 각오로 하라고 아들에게 했던 말이 생각났다. 절을 하다가 쓰러져 병원에 실려 나가겠다는 각오로 기도를 시작했다.

기도는 사시예불을 드린 후 잠시 쉬고 시작했다. 한 번씩 절을 할 때마다 부처님의 이름을 불렀다. 기도가 끝나면 천 분의 부처님

명호를 불러보게 되는 것이었다. 처음 듣는 부처님의 이름을 불러가며 세 가지 서원을 빌었다. 아이들의 학업 성취, 남편의 사업 번창, 보잘것없는 글솜씨에 작은 문운이라도 깃들기를……. 대법당에 가득 찬 삼백여 명 신도가 한 목소리로 부처님의 명호를 불렀다. 신심은 늘고, 고됨은 주는 듯했다.

하루를 보내고 이틀과 사흘을 보낼 때가 가장 힘이 들었다. 무릎이 아프고 허리가 숙여지지 않았다. 이러다 불구가 되지 않나 싶었다. 하지만 나만 그런 것이 아니니 참고 이겨내야 했다. 삼천 배, 사천 배를 하며 과연 해낼 수 있을까 하던 걱정이 오천 배, 육천 배를 하니 꼭 해내야지 하는 마음으로 바뀌었다.

그런데 이상하게도 절을 하면 할수록 처음 세웠던 소원이 점점 엷어졌다. 기도가 이루어지기를 간절히 원하던 마음이 조금씩 달라져갔다.

부처님이 열반에 들었을 때, 뒤늦게 제자 가섭이 도착하였다. 스승의 마지막 모습을 보지 못한 가섭은 부처님이 모셔진 관을 붙들고 슬피 울었다고 한다. 그때 관 밖으로 살며시 발을 내밀어 제자의 슬픔을 위로해주었다던 석가모니불의 모습, 사바세계의 음성을 주관하며 어떠한 고난과 역경 속에서도 정성을 다해 부르면 그 음성을 듣고 곧 도와준다는 관세음보살님, 과거 현재 미래를 모두 관장하는 삼세제불들이 있어 반야밀다를 의지하여 깨달음을 증득할 수 있다는 말들이 기도가 이루어지길 소망하던 마음속으로 들어오기 시작했다.

마지막 천 배를 하는 날이었다. 소원 성취를 위해 기도를 시작했으나 내가 원했던 만큼의 커다란 이룸이 성취되지 않아도 실망하지 않을 것 같았다. 세워놓았던 서원이 눈에 띄는 모습으로 빠르고 분명하게 이루어지지 않아도 괜찮을 것 같았다. 내가 운영할 만큼, 내가 감사할 만큼, 내 분수만큼 이루어지는 것이 삶의 이치였다. 그동안 간절히 불렀던 부처님들은 한 줄기 빛으로, 바람으로, 먼지로, 내 주위를 떠다니고 계셨다. 나는 그분들의 모습을 작은 들꽃으로, 쪼그리고 앉아 나물을 파는 초라한 할머니 모습으로, 거리에 쓸모없이 버려진 빗자루로 보게 되었다.

외도(外島) 가는 길

우리나라의 섬을 크기별로 꼽는다면 제주도, 거제도, 남해, 진도, 강화도의 순이다. 이 다섯 개의 섬들은 면적도 넓지만 나름대로의 전통과 풍물을 간직하고 있고, 멋진 풍광을 자랑한다. 그러나 순번에는 들어갈 수 없는 섬, 통영 앞바다에 조그맣게 떠 있는 외도는 섬 특유의 앙증맞고 귀여운 풍치를 지니고 있어 다른 어떤 섬들보다 내 마음을 설레게 했다.

몇 해 전부터 휴가철이 올 때마다 외도 가는 일을 꿈꾸며 계획하고 실천에 옮겨보려고 애썼다. 그러나 외도는 내게 쉽게 길을 내어주지 않았다. 날이 좋지 않아 배가 뜨지 않기도 했고, 동행한 이들이 볼 것이 없으니 다른 곳으로 가자고 하여 들뜬 마음을 삭이며 돌아오기도 했다. 그저 먼발치에서 외도를 보고 되돌아설 때는 마음 한쪽에 아쉬움이 남아 있었다.

어느새 外島는 내게 섬 이상의 의미로 자꾸만 바뀌어 갔다.

살아가면서 내게 주어진 길이 곧 나의 길이거니 하며 옆길에 눈을 주려 하지 않았다. 어떤 사람은 향기 가득한 꽃길을 유유자적 걷고 있었지만 나는 그 길을 부러워하지도 않았다. 또 포장된 곧은 길을 단정한 걸음으로 가는 사람도 있었지만, 또한 굽 높은 구두를 신고 자갈밭을 힘겹게 가는 사람도 눈에 띄었지만, 그것은 그들의 길이고 나의 길은 따로 있다고 생각했다.

불혹의 나이가 넘은 즈음에야 비로소 내 길이 지극히 평탄하고 굴곡이 없는 길이란 것을 깨달았다. 옆으로 고개를 돌리니 함께 걸어가는 이들이 의외로 많았다. 그들은 거울이 되어 서로를 비추어 주었다.

평범한 삶이 크고 값져 보였다. 감사함과 경외심도 느껴졌다. 그리고 세상을 보는 눈이 더 트이며 세상에 대해 나에 대해 그어야 하는 선이 조금씩 선명해졌다. 어떻게 살아야 하는지 이제는 조금 알 듯했다.

아마도 外島는 내게 그런 의미였다.

이번 여행에서도 외도를 눈앞에 두고 또다시 발길을 돌려야 했다. 아쉬움과 실망이 반복되며 외도는 영영 가지 못하리라는 체념이 생겼다. 문득 나는 외도에 대한 열망 대신 또 다른 외도를 꿈꾸어본다. 평범한 주부에서 세상에 작가라는 명함을 내민 외도, 콧바람 상큼한 마음의 외도를.

소주 한 병

    한 달에 한 번씩 만나 써온 글을 읽고 평을 주고받는 모임이 있다. 처음 모임을 시작할 때는 열 명이 넘었던 사람들이 한두 달 지나면서 하나 둘 빠져나갔다. 꾸준히 글을 써오고 다른 사람의 글을 읽고 평을 하는 일이 쉽지만은 않았다. 인원이 들쭉날쭉하다가 꾸준히 나오는 일곱 명이 남게 되었다.

    그날도 어김없이 일곱이 모였다. 점심을 먹으며, 소주를 한 병 주문했다. 한 병을 앞에 놓인 잔에 따르니 신기하게도 일곱 잔이 나왔다. 누군가가 모임의 이름을 '소주 한 병'이라 하자는 말을 꺼냈다. 그리고 합평이 끝난 후에는 소주 한 병을 나누어 마시자고 했다. 누군가가 모임을 그만둘 때, 소주병이 커져 일곱 잔 이상이 나올 때 다른 회원을 받아들이자고 말했다. 모두 앞에 놓인 소주 한 잔이 신기하고 재미있어 즐겁게 박수를 쳤다.

    세간의 유명 인사들이 모이는 조찬 모임도 토론 모임도 아니었다. 일곱 명은 평범하며 소박했고 추구하는 바가 같을 뿐이었다. 하지만 모임에 들어오기가 힘들다는 사실과 소주 한 병 속에 자신

블록 쌓기

비를 들고 작은아이 방의 베란다로 향했다. 비질을 하는데 레고 블록으로 쌓아놓은 집이 눈에 띄었다. 친구들과 블록놀이를 하더니 그때 쌓은 집을 한쪽에 두었던 모양이었다. 올록볼록한 홈 사이로 먼지가 많이 끼어 있다. 허물어서 상자에 담아두려다가 있던 자리에 그대로 놓아두기로 했다. 내게는 별 의미가 없지만 아이에게는 소중한 것일지도 모르기 때문이었다.

블록으로 쌓은 집을 찬찬히 살펴보았다. 빨간 지붕, 야자수 나무가 있는 정원, 고리 모양의 풀장, 파라솔 밑에 누워 선텐을 즐기는 사람, 여러 종류의 자동차 등 아기자기했다. 휴양지에서 시원한 바람을 맞으며 한낮의 오수를 즐기는 조그만 동네인 듯했다.

아이는 빨간색 블록을 하나 끼우고 그 위에 밤색과 검정색의 블록을 번갈아 끼웠다. 그러다가 다른 색과 모양을 같이 끼우기도 하고 엇비스듬히 끼워 넣기도 하며 모서리를 굴려 아치형 집을 쌓아놓았다. 특이한 모양이었다. 이 조형물을 보면서 서로 관계를 맺는 일이나 어떤 구조물을 완성하는 일, 성취하는 일이란 블록처럼 맞물려서 이루어진다는 생각이 들었다.

집을 짓는 과정도 그렇다. 먼저 터를 구하고 원하는 평수에 맞게 이층집을 지을 것인지 단층집을 지을 것인지 계획한다. 외장과 내장 재료도 정하고 안방과 거실 위치와 크기를 안배해야 한다. 요건이 갖추어지면 집을 짓기 시작한다. 모래와 시멘트를 섞고 보온재를 넣어가며 꼼꼼히 벽돌을 올린다. 집 모양이 서서히 나타나면 구조를 바꾸어볼까 갈등이 생기기도 한다. 바꾸려면 과감하게 실천에 옮기거나 처음 의도대로 밀고 나가는 끈기도 필요하다.

자신을 완성시키는 일도 흡사하다. 내가 무엇을 원하는지, 이루고 싶은 모습이 어떤 것인지 마음속에 설계해놓고 정진해야 한다. 때로는 즐겁기도 했고 슬픔도 겪었으며 좌절도 따른다. 어려운 고비를 넘다 보면 풍부한 경험도 쌓이고 이해의 폭이 넓어지며 오기와 자신감도 생긴다.

전에 텔레비전에서 자주 보았던 화면이 있다. 익숙한 손놀림으로 다듬이질을 하던 할머니가 인터넷 쇼핑몰에서 드럼을 주문하고, 집으로 배달된 드럼을 신나게 두드리는 광고였다. 할머니는 일흔일곱 살이었다. 성적 매력을 가진 젊은 여성들이 주 무대인 CF에 할머니를 등장시킨 모습은 엉뚱하고 신선했다.

또 다른 할머니는 효창공원에서 아침마다 하얀 깃발을 들었다 내렸다를 반복했다. 소프트볼 국제 심판 자격증을 따기 위해 맹연습 중이었다. 뾰족한 코와 키 큰 외국 사람들 속에서 동양인 할머니가 하얀 깃발을 들었다 내렸다 하는 모습을 상상해보았다. 스포츠로 국위 선양을 하는 젊은이들보다도 한층 더 멋지고 당당했다.

사람들은 나름대로 행복이라는 블록을 쌓고 있다. 쌓아올린 블록 위에서 넉넉하고 푸근하게 살아가기 위해 남들보다 더 노력을 한다. 원래 행복이란 단어의 품사는 명사가 아니라 동사였다고 한다. 행복은 완성된 개체가 아니고 만들어나가야 하는 움직임이다. 주어지는 것이 아니라 오로지 본인이 달려가 성취하며 느끼는 체험이야말로 진정한 행복인 것이다.

아들이 쌓아놓은 베란다의 오래된 블록에서 보람된 삶을 가꾸는 할머니 세대의 자화상을 본다. 내가 늙어서 쌓고 있는 블록이 어떤 모양으로 만들어질지도 생각한다. 오늘 내가 쌓는 블록은 편안한 주부의 모습으로, 집 안을 채우는 온기로, 현관을 들어설 때 느껴지는 정갈함으로 아름다움을 나타낼 것이다.

그레이트 디바

나이를 먹으면 얼굴에 주름이 생기고 몸에 노화가 온다. 그렇듯 나의 생각 또한 여러 차례 변화를 겪어왔다. 공자는 이 변화를 스물에는 약관(弱冠), 서른에는 이입(而立), 마흔에는 불혹(不惑,), 쉰에는 지천명(知天命), 예순에는 이순(耳順,) 일흔에는 종심(從心) 등으로 구분 지었다. 그 구분은 21세기인 지금까지 현대인의 정신적 구심점 역할을 하고 있다. 가끔은 나도 나이에 맞는 삶을 살고 있는지 궁금할 때에는 공자나 노자 또는 장자의 사상에서 해답을 찾는 경우가 많다.

어느덧 내 나이도 지천명에 가까워졌다. 하늘의 뜻을 알아 얼마나 그에 순응하였는지, 내게 부여된 삶의 원리를 얼마큼 깨우쳤는지, 주관적 세계를 벗어나 하늘의 뜻에 준하는 세계로 얼마나 시각이 확장되었을지를 생각해보곤 한다. 그동안 특별히 잘 산 것 같지도, 열심히 산 것 같지도 않다. 옥석은 진흙 속에서도 빛이 나련만 내 본성은 그리 빛나는 옥석도 아니었나 보다. 갈고 닦으려 노력해도 결과는 늘 보잘것없고 실망의 연속이다.

아이들을 대학에 들여보내고 조금은 시간적 여유가 생기자 마음에 횡한 바람이 일었다. 아내로 엄마로 성실하기보다는 본연의 나를 찾고 싶었다. '흔들리는 여자가 아름답다' 는 어느 시인의 말도 성에 차지 않았다. 흔들리어 뿌리가 송두리째 뽑히는 고통을 겪어야만 내 안에 갇혀 있던 또 다른 내가 세상으로 나올 수 있을 것 같았다. 불혹의 사십 대는 내 나름대로의 주관이 서야 하는데 그렇지 못했다. 다른 생각이나 유혹에서 벗어나 나 자신을 세우기는커녕 온갖 유혹에 빠져들기 십상이니 그저 안타깝기만 했다.

이때 읽은 책이 롤랑 바르트(Roland Barthes)의 『사랑의 단상』이다. 프랑스 철학자이며 소설가이기도 한 롤랑 바르트는 비평가이며 기호학자로도 알려져 있다. 『사랑의 단상』은 『젊은 베르테르의 슬픔』을 재해석한 책이다. 사랑에 대한 사랑하는 사람들 간의 담화를 다각도로 써놓았는데 바르트 그만의 독특한 해석이 눈길을 끌었다. 가슴 절절한 사랑 이야기를 어떤 규범에도 예속하지 않고 날카롭고 다양하게 해박한 논리로 어찌 이렇게 표현할 수 있을까.

롤랑 바르트는 1915년에 프랑스 쉘부르 지방에서 태어났다. 쉘부르는 프랑스의 작은 소도시이다. 이곳의 특징은 외부와 차단되어 고립된 소도시이면서도 사방으로 길이 나 있는 지리적 요충지이기도 하다. 그 영향 때문에 바르트는 『젊은 베르테르의 슬픔』이라는 텍스트에 의존하지 않고 자신만의 독특한 논리를 전개해나가지 않았나 생각된다.

롤랑 바르트의 아버지는 한 살 때 돌아가셨는데, 남자들이 가지고 있는 아버지에 대한 오이디푸스 콤플렉스, 억압 기제가 적어서 글이나 사유가 자유롭고 독특하다. 아버지란 존재가 어느 가정이나 중심일 텐데, 그 중심과의 갈등에서 벗어나 있기 때문이라고나 할까. 롤랑 바르트는 아버지와의 관계를 권력의 관계와 신과의 관계로 확장시켜 나간다. 하지만 그것까지는 내게 너무 어렵고, 그가 써내려간 사랑이라는 것의 화려한 실체만으로도 여름날의 소나기를 만난 듯 가슴이 시원했다. 그 후 롤랑 바르트의 사랑에 대해 누군가가 책 내용을 정리한 글을 읽고는 더욱 공감이 갔다.

아아, 그의 주위에는 왜 그토록 사람들이 많을까? 사랑하는 사람들은, 그를 둘러싼 모든 사람들을 안착하였다고 생각한다. 그들은 모두 어떤 계약상의 실제적이고도 감정적인 시스템을 모두 갖추고 있는 사람들이다. 그리하여 자신만이 거기서 제외되었다고 생각하며, 부러움과 비웃음이 섞인 모호한 감정을 느끼게 된다. 사랑하는 사람은 그의 시스템 안으로 들어가고자 한다.

여기 한 놀이가 있다. 아이들 숫자보다 의자가 하나 모자란다. 부인이 피아노를 치는 동안 아이들은 빙빙 돌다 피아노를 멈추면 각자 의자에 앉는다. 가장 서투르고 덜 난폭한, 혹은 재수 없는 아이만이 홀로 멍청하게 여분인 채로 서 있다. 그것이 사랑하는 사람이다. 그 사람의 구조. 내가 끼어들지 못하는 그 특수한 구조는 때로 가소로워 보인다. 그는 판에 박힌 삶에 길들여져 있는 것 같다. 그러나 내가 진정으로 원하는 것은 그 구조보다도, 구조의 힘인 것이다.

그가 괴로워할 때 나는 괴로워한다. 나는 그 사람을 아파한다. 내가 아픈 또 하나의 이유는 그가 아프고, 내가 그것에 무관하기 때문에, 나는 그 사람으로부터 버려진 듯한 느낌을 받기 때문이다.

(나는 그 사람이 아프다. 나는 그 사람을 아파한다. 나는 시시각각 그에게서 버려진다. 나와 함께하지 않는 순간, 그는 나에게 속해 있지 않기 때문이다. 그는 수많은 사람들에게 둘러싸여 있으며, 아니면 환영에 예속되어 있다. 사랑하는 사람은 의자에 앉지 못하기에 의자를 열망한다. 그 의자가 내 것이 된다면, 더는 그것은 욕망의 대상이 아니다. 내가 버려져 있는 순간 나는 가장 그를 강하게 욕망한다. 그리고 내가 그 의자에 앉으면, 욕망은 이성적인 칼날을 심장에 겨눈다. 나는 의자에서 고민하는 것이다. 이 의자는 내 것인가? 내가 앉아야 할 의자인 것인가?)

책을 읽어가며 가장 마음에 들었던 낱말은 '그레이트 디바(Great diva)' 였다. 『젊은 베르테르의 슬픔』에서 보면 롯데와, 롯데를 짝사랑하다가 자살한 청년, 그리고 베르테르가 있다. 롤랑 바르트는 이 셋의 역학관계를 이야기하다가 '그레이트 디바' 라는 새로운 용어를 언급한다.

누가 사랑을 한다고 하면 여기에는 사랑을 주는 사람과 받는 사람이 있기 마련이다. 여기에서 롤랑 바르트는 사랑을 주는 사람을 '광인' 이라 표현했다. 사랑을 주는 사람은 그 사랑에 완전히 몰입되어 이성적인 판단을 하지 못한다. 사랑에 몰입한다는 것은 생각만으로도 너무 멋지고 매력적인 일이다. 롤랑 바르트는 이런 사람을 일종의 편집증 환자이자 질투하는 사람, 문학 쪽으로 볼 때는 '프랑스 문학' 적인 사람들로 정의하고 있다.

그리고 'lover' 라는 또 다른 사랑의 주체가 있다. lover는 사랑을 받는 사람, 이성적으로 사랑을 하는 사람, 사랑에 완전히 몰입된 광인에 비해 사랑이라는 현상에 발을 하나만 담그고 있다. 어찌 보면 lover는 사랑이라는 현상에 대해 칼자루를 쥐고 있는 행복한 사람일 수도 있다. 사랑에 빠져들어 오직 그 사랑만을 생각할 수밖에 없는 사람에 비해 상대를 주시하고 관찰하며 조정하는 역할을 하는 사람. 정말 이성적인 사랑을 하는 사람이다.

사랑을 하는 주체인 광인과 lover 말고 괴로움 없이 사랑을 하는 존재가 또 한 사람 있다. 바로 '그레이트 디바' 이다. 그레이트 디바는 사랑의 몰입에서 오는 괴로움, 상처, 외로움 모두를 아낌없이 받아들이고 수렴한다. 한 발자국 더 나아가 모든 것을 신이 주신 선물로 감사히 받아들인다.

이 관계들을 롤랑 바르트는 기호학과 종교학으로 발전시켜 나갔다. 끊임없이 무엇인가에게 빠져들어 몰입의 즐거움을 느끼는 여자. 때로는 주시하고 관찰하며 냉정히 팜므파탈(femme fatale)의 모습을 갖기도 하는 여자. 둘의 장점과 단점을 포용하고 늘 누군가를 사랑하며 마음을 열어놓고 열정적으로 살아가는 그레이트 디바. 그녀는 바로 내가 추구하는 나이기도 하며, 이 시대를 살아가는 현명한 여성들이자, 불혹을 거쳐 지천명에 이르러 이치를 깨닫는 이 시대의 여인상이 아닌가도 싶었다.

노망 할머니

　오늘 내게 새로운 별명이 생겼다. '노망 할머니'. 천성이 조용해서인지 항상 내게 따라다니는 수식어는 새침이, 얌전이 등의 범주에서 벗어나지를 못했다. 그런데 오늘 붙여진 '노망 할머니'라는 별명은 파격적이다 못해 엽기적이었다.

　불혹의 나이를 한참 지났으니 옛날이면 할머니가 될 나이지만, 지금은 백 세 시대이지 않은가. 그러고 보면 나는 아직 젊은 측에 속한다. 동안인 얼굴과 크지 않은 체격도 한몫해 주위에서는 나이보다 훨씬 젊게 본다. 그런데, 하고많은 별명 중에 '노망 할머니'라니…….

　내가 자원봉사를 하고 있는 인천시립박물관에는 함께 활동을 하는 구 선생님이 있다. 같은 '능성 具' 씨였는데 항렬은 나보다 두 단계가 아래였다. 평소에 농담을 잘하며 사람 사귀기를 좋아하던 그는 같은 연배인 나를 할머니라 부르며 스스럼없이 대해왔다. 본의 아니게 할머니가 된 나도 먼 일가 손자뻘이 되는 사람을 만난 듯이 격의 없이 지내왔다. 그런 연유로 자원봉사를 같이 하는 분들도 나와 구 선생님을 자연스레 할머니와 손자로 불렀다.

처음에는 할머니란 호칭에 친근감이 들었다. 하지만 자꾸 들으니 나이가 많게 느껴지며 생각과 행동이 조심스러웠다. 전시유물 해설 교육을 받는 날도 마찬가지였다. 인천 역사와 개항에 대한 강의를 마치고 다음 달 답사 계획을 짜는 시간이었다. 회계 담당 등 업무를 나누어 결정하고, 답사 코스와 일정을 계획하는 사람을 정하는 차례였다. 답사를 몇 번 함께 다녀왔던 박물관 학예사가 "할머니 선생님이 맡아보시죠?" 하며 내게 시선을 건넸다. 좁은 소견에, 공식적인 자리에서 할머니로 불리는 순간 개운치가 않았다. 내가 그렇게 나이 들어 보이나? 아니면 내 행동이 좀 우스워 보였나? 하며 마음이 언짢았다. 그래서인가, 학예사의 표정마저 나를 비아냥거리는 듯 보였다.

올해부터는 밖으로의 활동을 줄이고 아이들 일과 집안일에 전념하려던 터였다. 개인적인 이유를 솔직하게 이야기해도 되는데 빗겨나간 밴댕이 소갈딱지가 "선생님의 말씀이 할머니를 대하는 태도치고는 공손치 않아 맡을 수가 없군요." 하며 응수를 하고 말았다. 순간 학예사의 얼굴이 굳어졌다. 평소에 스스럼없이 생각하여 말한 것인지도 모르는데, 실수했다는 생각이 들었지만 이미 엎질러진 물이었다. 더구나 내 말을 들은 학예사는 무릎을 꿇고 책상 위로 올라가 "이러면 되겠습니까?" 하는 것이 아닌가. 사십여 명에 가까운 자원봉사자들은 폭소를 터트렸다.

다행히 그 일은 다른 분이 맡기로 하고 수업이 끝났다. 학예사와의 거북한 상황도 서로 웃으며 마무리되었다.

박물관에서 가까운 음식점에서 저녁을 먹을 때였다. 앞에 앉은 나이 많은 분이 "할머니가 노망났나 봐." 하며 농담을 걸어왔다. 그 농담을 시작으로 화제가 노망 할머니가 되었다. 귀가하여 인터넷 상 박물관 카페를 들어가니 나를 노망 할머니로 이름 지어놓은 글이 눈에 띄었다.

거울을 볼 때마다 늘 기원하는 소망이 있다. 다른 사람들에게 초봄 햇살처럼, 달밤에 요요히 피어 있는 목련꽃처럼 보이면 좋겠다는. 그렇게 보이기 위해 나는 늘 얌전하고 조신하게 행동하려 했고 우아함과 고상함을 습득하려 노력했다.

'노망 할머니'는 내가 평소에 갖던 소망과는 거리가 멀었다. 기분이 그리 좋지는 않았다. 하지만 '노망 할머니'라는 말을 몇 번 되뇌어보니 묘한 카타르시스가 왔다. 숨겨놓았던 내 푼수기와 주책맞음이 밖으로 드러나는 듯하여 가슴이 후련하고 예의와 형식에 가두어놓았던 체면을 벗어버린 듯 마음이 한결 가벼워졌다.

노인들만이 가질 수 있는 편안함으로 세상일에 스스럼없어진다면 얼마나 좋은가. 또 할머니와 같은 넉넉하고 여유로운 품으로 자신과 주변을 감싸는 지혜를 지닌다면 '노망 할머니'라는 별명은 제법 멋진 별명이라는 생각도 들었다.

하지만 이 글을 읽은 독자는 혹시 나를 만나더라도 노망 할머니라고 부르지 않았으면 좋겠다. 아직은 젊고 세련되며 가끔은 발랄한 여성이고 싶다.

제5부

왕가

전주 한옥마을에는
조선 마지막 왕손이 살고 있다
기다란 툇마루에는 한때 위용을 자랑하던
사진들이 전시되어 있다
사진 속 왕조는 쓸쓸하고 한적하다

찬란하고 빛나지 않는 전성기가
어디 있으랴
그 시기가 지나면 힘없고 퇴락된
내리막길이 기다릴 뿐
왕가의 앞뜰 화단에 구절초가 다소곳이 피어
알몸의 가을 햇빛 아래 절정으로 치닫고 있다

바다 위의 연적(硯滴)

송도 청량산 야트막한 산기슭에 인천시립박물관이 위치하고 있다. 박물관은 전면이 통유리로 되어 있어 실내에서 인천 바다를 시원스레 내다볼 수 있다. 국립박물관처럼 고풍스럽거나 화려하지는 않아도 조촐하고 소담스런 모습이 정겹다. 게다가 바다가 보이는 전경과 함께 시원한 느낌마저 든다.

나는 그곳 박물관에서 관람객에게 유물을 설명해주는 자원봉사 활동을 하고 있다. 그래서 유물을 골고루 살펴볼 기회를 종종 가졌다. 전시 유물을 처음 볼 때는 그저 옛날 사람들이 쓰던 물건이어서 희소가치가 있으려니 생각했다. 그러나 반복해서 보다 보니 어느 날부턴가 생김새나 무늬가 예사롭지 않아 보였다. 조상의 숨결이 생물처럼 살아 있어 오랜 시간 함께 살아온 생명체로까지 여겨졌다.

전시된 유물의 종류는 그리 많지 않았다. 그 가운데서 내 발걸음이 자주 오래 머무는 곳은 제2전시실 연적(硯滴) 앞이다. 진열대에는 질박하고 둥근 모양의 백자연적과 작은 네모 모양에 굵거나 가

늘게 강약을 주어 산수화를 그려놓은 청자연적이 있고, 끝이 동글동글 말리며 가늘고 통통한 가지를 섬세하게 표현한 고사리무늬연적이 놓여 있다.

연적들의 생김새와 무늬를 보고 있으면 등 뒤 멀리 인천 바다가 보인다. 보안 유리로 되비치는 것 같다. 연적의 모습은 마치 바다 위에 떠 있는 듯, 바다 그림자와 어우러져 살아 숨 쉬는 것 같다. 역사를 벗은 연적이 바다의 살아 있는 생명체가 되는 순간이다.

진열장에는 어느새 바다가 들어와 출렁거린다. 바람에 파도가 일렁이기도 하고, 때론 바다에서 하얀 선을 그으며 어디론가 떠나는 배도 눈에 들어온다. 아스라이 있는 듯 없는 듯 작은 섬도 보인다. 그뿐인가. 유리창 바로 앞의 푸른 전나무 가지들도 연적을 어루만지며 바람에 흔들린다.

이런 분위기가 신비스러워 뒤돌아 바다를 보면 실제의 모습은 유리에 비친 이미지와는 사뭇 다르다. 우선 가까이 있는 휘청거리는 전나무가 보인다. 그리고 툭 터진 시야로 먼 바다 풍경이 한눈에 들어온다. 시야만큼 마음의 폭도 넓어지며 기분까지 상쾌해지는 전경이다.

그러나 확실하고 뚜렷한 실체보다는, 앞의 유리가 거울 역할을 하면서 진열장 속에 쏟아 붓는 바다의 풍경은 고풍스런 연적만큼이나 값져 보인다. 바다에 떠 있는 연적들을 통하여 보게 되는 빛과 그림자들의 어우러짐, 그것이 주는 평온하고 아늑한 분위기는 신비롭고 꿈길을 거니는 듯하여 마음이 설렌다.

　장식이 없고 유난히 얽힌 자국이 많은 백자연적이 있다. 조그맣고 깔끔한 청자연적보다는 문화재로서의 가치가 떨어질지 모른다. 하지만 다른 연적들이 몸 안에 있는 두 개의 구멍을 보기 좋게 감추고 있는 것에 비해, 이 연적은 얼굴 가운데 혹은 몸의 정면에 적나라하게 구멍을 드러낸다. 그 모습은 질박하면서도 거칠고, 두툼하면서도 메마른 촌부의 상처 난 손바닥을 닮아 있다. 마치 새벽에 들일을 나가 거친 일을 하며 하루를 보내는 시골 아낙네의 이미지다. 시골의 아낙네들은 씨앗을 뿌리는 철과 거두는 철의 변화에 몸을 맡기고 살아간다. 자신이 힘들여 노력한 만큼 수확을 거둘 때에야 비로소 기쁨의 미소를 짓는다. 자연과 조화된 삶을 빛나게 하는 순박한 미소. 마치 백자연적의 소박함은 바다 그림자 속에서 맑고 그윽한 미소로 웃는 아낙네의 모습을 되살린다.

　조선시대 함허 스님의 「天君泰然百體從令」이라는 시가 있다.

胡僧眼豈從藍碧 (호승의 푸른 눈이 쪽에서 나왔던가)
仙客顏非假酒紅 (신선의 붉은 얼굴 술 취함이 아니다)
玉本無暇光亦好 (옥은 본래 티가 없어 그 빛 또한 좋거니)
心田苟淨貌相同 (마음밭이 깨끗하면 외모도 그 같으리)

　연적은 단순히 몸 한쪽으로 물을 받아들이고 다른 한쪽으로 내어놓는 것이 아니라 자신의 몸에 담아놓고 양을 조절해가며 적당히 내놓는다. '마음밭이 깨끗하면 외모도 그 같으리' 라는 마지막 시구처럼 백자연적 또한 그렇지 않을까. 고달픈 삶을 숙명으로 받아들이고 순백의 마음으로 포용하는 아낙네처럼 연적도 파도가 출렁이는 바다를 온몸으로 받아들여 마시고 토해내는 모습이다.

백자연적은 얽고 못난 것에 개의치 않고 자신을 드러내놓는다. 푸른 바다의 물결 속에서 잔잔한 무늬가 되어 바다를 되비추어 준다. 자연스럽고 너그러운 마음으로 내 삶의 그림자까지…….

달빛 속의 병산서원(屛山書院)

　단풍의 빛깔이 점점 짙어지고 있다. 바람이 불면 단풍과 은행나무 잎들은 카드섹션의 한 장면을 연출한다. 먼발치로 보이는 계양산의 음영도 아침저녁으로 느낌이 달라진다. 어깨를 스치는 바람이 햇살이 가을이 농익고 있음을 알려준다.

　계절과 어우러진 자연의 미묘한 조화를 느낄 때 떠오르는 곳이 있다. 경북 안동에 있는 병산서원(屛山書院)이다. 병풍을 두른 듯하다 하여 '병산' 이란 이름이 붙여진 산과 서원 앞을 유유자적 흐르는 낙동강, 휘어지고 골이 박힌 나무를 그대로 이용하여 지은 서원 옆의 정자 '만대루' 는 삼위일체가 되어 그곳 풍경 모두를 자연의 일부가 되게 하였다.

　토요일 오전 일과를 마치고 이곳으로 유적답사를 왔다. 안동 병산서원에서 보름달이 뜨는 모습을 보는 것이 이번 답사의 빅 이벤트였다. 더구나 옛 선비들이 학문을 닦던 서원에서 하룻밤을 묵는다니, 기대와 설렘 때문인지 오는 도중 차창 밖의 풍경은 별 관심이 없었다.

낙동강변에서 하회마을로, 그리고 헛제사밥과 간고등어라는 향토음식으로 저녁 식사를 마친 일행은 서둘러 병산서원으로 향했다. 한 번 다녀온 사람은 절대 잊지 못한다는 병산서원에 대한 호기심과 정자에 앉아 달을 맞아야 여행의 진수를 맛보는 것이라는 말이 발걸음을 재촉하게 했다.

조선시대 서원건축의 백미로 일컬어지는 병산서원은 경북 안동시 풍천면 병산리에 자리 잡고 있다. 병산서원의 정자 만대루에 도착하자 구름 한 점 없는 밤하늘에는 만월(滿月)의 세계가 한창 펼쳐지고 있었다. 만대루에서는 달이 세 번 뜨는 것을 볼 수 있다고 했다. 병산의 첫 봉우리로 떠오른 달, 그 옆 봉우리로 조금 옮겨가며 보이는 달, 제일 높은 봉우리로 다시 솟아오르는 달, 이렇게 세 번에 걸쳐 볼 수 있다고 했다. 하지만 우리가 도착했을 때는 이미 세 번째 봉우리로 달이 솟아오르고 있었다. 커다란 보물을 놓친 것 같아 안타까웠다.

세 번째 봉우리로 살포시 떠오른 달을 보았다. 둥근 보름달은 우리를 향해 방싯 웃고 있었다. 그 순한 미소는 봉정사 극락전에서 본 부처님의 온화한 웃음과 닮아 보였다. 성격이 급하고 생각이 얕은 범인들을 조용히 받아들이는 부처의 마음처럼 감싸는 듯, 물기를 지닌 듯 부드러웠다.

고개를 옆으로 돌리니 또 다른 달이 보였다. 병산에 떠오르는 보름달, 강물에 뜬 달, 마음속 환한 달, 이렇게 보름달 세 개가 나란히 떠오르고 있었다.

병산은 낙동강이 휘도는 곳에 위치하고 있는데, 건너편으로 일곱 개의 산봉우리가 촘촘히 붙어 있었다. 병풍을 친 듯한 모습은 그동안 보았던 산들과 다른 모습이었다. 산봉우리의 경사가 가팔라 오르기 힘들겠지만, 가까이 두고 바라보기에는 단조롭지 않는 즐거움이 있었다. 마치 아름답지만 성정이 사나워 가까이하기 어려운 여인의 자태를 닮은 듯했다. 무엇이든 적당히 거리를 두고 원만하게 세상 이치를 풀어나가라는 선비의 가르침이 떠올랐다.

뾰족한 봉우리들 위로 휘영청 뜬 달은, 소리 없이 흐르는 강물 속에도 은은한 빛을 반사하고 있었다. 병산에 에워싸여 끊임없이 이어지는 은빛 출렁임은 진주를 닮은 듯 요요히 빛났다. 작은 샘에서 시작하여 시내를 이루고, 굽이굽이 강으로 모여 바다를 향해 장대한 열정과 소망을 가진 낙동강의 물줄기, 그 열망을 안으로 끌어들여 조용히 침잠하는 모습은 순리에 거역하지 않고 자신을 지켜나가는 달인의 모습이었다. 게다가 가냘픈 계곡 그림자를 품에 안고 달빛을 받으며 흐르는 강물은 기품 있고 유유자적한 선비들의 성정 같았다.

자연의 신비스러움과 격조 높은 충만함은 내 가슴에서 환한 보름달로 떠올랐다. 모나지 않은 둥근 원을 이루다가 손톱 모양의 그믐달이 되고, 자신을 완전히 비운 후 사흘 동안 자취도 없이 사라지는 달. 그리고 천진한 초승달이 되어 다시 나타나는 모습에서 나를 돌이켜 보았다. 둥글다는 것, 완전하다는 것은 항상 가득 찬 것은 아니었다.

둥근 보름달은 철없고 생각이 모자라는 듯한 초승달과, 상처와 슬픔으로 마음 한쪽이 베어져나간 듯한 그믐달로 바뀌었다. 부족하면 부족한 대로, 가득차면 가득찬 대로 받아들이고 포용하는 데서 평화와 안정이 오는 것을 말하고 있었다.

달빛 속의 병산서원은 산을, 강을, 달을 있는 그대로 느낄 때 최고의 아름다움을 구가한다. 자연과 인간이 어우러지는 앙상블, 그 세계는 주객일여(主客一如)의 세계, 바로 장자가 말한 물아일체(物我一體)의 자유스러운 경지가 아닌가. 자연을 인간의 친구로, 스승으로 맞아들이고 끌어들이는 옛 선비들의 지혜가 녹아 있는 병산서원. 자연이야말로 인간과 영원히 공존할 친구라는 것을 깨닫게 해준다.

카페 '버드골'

눈으로 보이는 잣대로 삶의 가치를 잴 수는 없을까. 나타낼 수 있다면 내 삶은 얼마만큼의 눈금으로 나타날까. 집 안에 틀어박혀 지내며 며칠 동안 줄곧 같은 생각이 머릿속을 맴돈다.

태풍을 동반한 장마가 올라오고 있다. 좁은 골짜기 모양 적운층이 장대비를 사정없이 쏟아낸다. 폭포처럼 물을 퍼붓고 사라진다. 검은 먹구름이 강렬한 태양을 상대로 게릴라전을 펼치는 듯하다.

오전 내내 심한 폭우가 내리고 있다. 저 비가 그치기는 할까, 걱정을 하고 있는데 만난 지 오래된 친구로부터 전화가 왔다. 그녀는 미술관과 카페를 겸한 분위기 좋은 곳이 있는데 가보자며 나를 부추긴다. 폭우가 쏟아지는 날, 초원 위 카페에서 마시는 따뜻하고 향기로운 차 한 잔. 생각만으로도 후덥지근한 날씨를 날려버리는 듯, 마음이 먼저 앞선다.

자유로로 들어서면서 자동차 속도를 높인다. 비 개인 하늘이 낮고 조용하게 내 안으로 들어온다. 문산으로, 적성으로, 전곡으로 북쪽을 향해 내쳐 달린다. 38도선을 거쳐 달리니 백학이란 지명이 눈에 들어온다. 마을을 지나며 차 안에서 잠깐 바라다본 푸른빛의 맑은 물과 얕고 동그스름한 산들이 안온하다. 꼬불꼬불한 산길을 더 들어가니 푸른 잔디에 야외 조각품을 전시해놓은 석장리 미술관이 보인다.

야외 조각공원과 같은 카페로 들어선다. 그 위에 붙인 '버드골'이란 이름도 하나의 조각품 같다. 손님이 왔음을 알리는 푸른 동종이 문 가운데 달려 있다. 따뜻하고 정겹다. 카페로 들어서며 땡그랑 종을 울려본다. 낮게 울리는 종소리에 팔각형의 물고기 형상을 한 자그마한 카페가 바다 속에서 헤엄을 친다. 발바닥 모양의 큰 대리석으로 깔아놓은 보도블록 또한 재미있다. 하나하나 밟고 가니 카페의 문이 나온다.

신발을 벗고 카페 버드골로 들어간다. 테이블마다 모양이 다른 초가 타고 있다. 꺼질 듯 말 듯 불빛을 밝힌 모습이 태고의 전설을 이야기한다. 은은히 흐르고 있는 바이올린 연주곡 선율에 몸을 맡기며 분수가 내다보이는 창가에 자리를 잡는다. 앉은키에 맞춘 창으로는 보랏빛 덩굴식물이 창을 타고 오르고 있다. 멀리 보이는 분수의 하얀 물방울과 조화를 이루니 풍경화 한 폭이다.

친구는 주인과 눈인사를 나눈다. 카페의 주인은 피부가 희고 눈이 동그랗다. 수줍게 웃는 미소가 매력적인 그녀는 석장리 미술관장인 박시동 조각가의 아내라고 한다. 그녀가 내온 솔바람 차를 마시며 카페를 둘러본다. 조각품들이 실내 화초들과 더불어 전시되어 있다. 피노키오를 닮은 목각이 눈에 띄어 조각가에게 직접 조각하셨느냐 물으니 조각가는 후배 작품이라고 소개한다. 조각 작품에 얽힌 슬픈 사랑 이야기를 듣다 보니, 차에서 은은하게 배어 나오는 솔잎 향이 가슴으로 스며든다.

박시동 조각가는 동국대학교 예술대학을 졸업하고 고등학교 교사로 재직하며 이리저리 작업장을 찾던 중 우연히 이곳에 오게 되었다고 한다. 돈이 마련이 되는 대로 조금씩 땅을 넓혀 지금은 꽤 넓은 산야를 미술관 부지로 마련한 상태이다. 이름을 석장미술관으로 짓고 몇 년 전부터는 뜻 있는 문화예술인들이 모여 민통선 예술제를 연다. 예술제에 대한 포부도 커서 연천 지역의 예술제가 아닌, 비무장지대와 민통선 지역을 배경으로 한 국제적인 문화예술 행사로 자리매김할 수 있도록 노력 중이라고 한다.

그는 문화의 불모지인 그곳에 예술인 마을을 만들겠다는 포부도 가지고 있다. 예술과 문화 전반에 걸친 이야기를 두 시간가량 쉼 없이 풀어나가는 그에게는 삶에 대한 열의가 가득하다.

넓은 잔디밭 야외 조각공원에는 국내 작가 작품이 전시되어 있다. 'loving', '하늘 사다리 나무', '세월', '서 있는 사람', '울림' 등 자연과 사람이 한데 어우러진 작품들이 범상치 않다. 조각과 잔디와 낮은 하늘을 동그스름하게 인 산들이 조화롭다.

수련 뜬 연못 주위로는 봉선화, 천일홍, 달맞이꽃 따위의 눈에 익은 꽃들이 피어 있다. 연못 속 분수대에서는 시원한 물줄기가 알알이 떨어지고 있다.

푸른 잔디 위의 조각공원, 아담한 카페, 흰 페인트칠을 한 작업실 겸 살림집 어느 곳에든 조각가의 섬세한 손길이 느껴진다.

삶은 끊임없는 열정과 도전이라고 했던가. 삶의 가치를 왜 눈에 보이는 잣대로만 찾아내려고 했을까. 그것은 최선을 다한 성실한 사람에게서 느껴지는 긍정의 힘으로 가늠할 수 있지 않을까.

비 그친 뒤 저녁노을이 오랜만에 선홍빛으로 서쪽 하늘을 물들인다. 긴 궁구의 시간이 장엄하다.

매혹의 미소

모처럼 경복궁을 찾았다. 해마다 이 계절이면 국전도 열리고, 가을맞이 음악회도 열리지만 고궁만큼 마음을 차분하게 해주지는 않는다. 더구나 오천 년 역사를 보존하고 있는 중앙박물관은 꼭 와보고 싶은 곳이었다.

유물실을 돌아보니 조상의 숨결과 풍물, 기예의 정성이 살아나는 듯했다. 몇 천 년을 내려오며 후손들에게 혼을 불러일으키는 것은 이 유물들이 단지 오래되었기 때문만은 아닐 것이고, 같은 장소 같은 환경에서 삶을 사는 사람들이 공유하는 정서도 한몫하리라.

전시실은 시대별, 나라별로 구분되어 있었다. 삼국시대 유물실에서는 백제인의 구름과 연꽃무늬를 넣어 빚은 벽돌이 인상적이었다. 평화를 기구하는 가야금의 선율이 구름을 뚫고 들리듯 섬세하고 부드러운 솜씨였다. 고구려의 고분벽화 속 말들은 초원을 질주하는 듯 힘차고 입체감 있게 다가왔다. 기운이 펄펄 넘치는 고구려의 기상이 내게도 전달되는 듯 발걸음에 힘이 들어갔다.

화살표 방향을 따라 지하의 한 전시실로 내려갔다. 불교의 상징인 부처님만을 모셔놓은 곳. 세월의 풍화 때문인지 코가 없거나, 귀 한 쪽이 없는 부처님도 계셨다. 하지만 한결같이 온화하고 따뜻한 미소를 머금고 계셨다. 그 미소를 좇다가 유난히 젊고 단아한 부처님이 눈에 띄었다. '금동미륵반가사유상' 이었다. 반가사유상은 왼쪽 무릎 위에 오른쪽 다리를 걸치고 고개 숙인 얼굴의 뺨에 오른쪽 손가락을 대고 계셨다. 머리에는 다른 부처님과는 달리 왕관을 쓰고 계신데, 왕관에 가린 너른 이마의 중간 부분에 단정한 눈썹선이 물이 흐르듯 길게 뻗어 있고, 깎은 듯 높은 코는 자존심이 센 절세미인을 닮은 형상이었다. 그리고 뺨에 비친 코의 음영에서 무언가 생각하는 듯한 화두는 범상치 않았다. 살며시 감은 눈커풀 사이로 눈동자가 조금 보였다. 지금이라도 곧 눈꺼풀을 올려 뜨고 맑은 눈으로 나를 내려다볼 것 같았다. 뚜렷한 인중과 야물게 닫힌 입술에서는 젊은 부처의 아름다움이 생생했다. 어떻게 저런 풍부한 표정과 아름다운 모습을 만들 수가 있었을까. 반가사유상을 만든 분께도 두 손이 모아졌다.

부처님은 "내가 입멸 후 56억 7천만 년 후에 다시 출현할 이가 있으니 바로 미륵보살이다." 하시며 미래에 희망을 열어놓으셨다. 미래에 대한 염원 때문일까, 미륵신앙은 우리나라가 인도나 중국보다 한층 깊이가 더한 것 같다. 독일의 불교 미술가 젝켈은 "미륵반가사유상은 한국적 요소를 뚜렷하게 잘 표현하고 있다. 그리고 이것과 비교되는 중국 작품은 없다."라고 독창적인 우리 문화를 칭찬한 바 있다. 우리의 역사나 정서 속에서 불교문화가 새롭게 변한 것은 당연한 일이다.

미륵반가사유상과 똑같은 반가사유상이 일본에도 있다. 일본은 미륵보살상을 국보 1호로 지정해놓고 교토시를 문화의 관광명소로 세계에 알려왔다. '매혹의 불상'이라 하여 세계의 이목을 끌어들이는 미륵보살상은 우리나라 적송으로 만든 것임이 이미 밝혀졌다. 일본은 우리의 적송을 일본으로 가져가 제작한 것이라 주장하지만 일란성 쌍둥이와 같이 똑같은 미륵반가사유상이 우리나라에 있는데, 어찌 그 말이 설득력을 얻겠는가.

얼마 전에 아이들과 본 만화영화 〈뮬란〉이 생각났다. 주인공인 뮬란이 '여자는 집 안에만 있어야 한다'는 고정관념을 깨고 전쟁터에 나간다. 그리하여 큰 공을 세워 가문의 위상과 사랑까지 얻는다는 내용이다. 이 영화를 중국의 설화를 월트디즈니사에서 영화로 제작해서 세계적으로 히트를 치고, 돈도 많이 벌었다. 설화를 애니메이션으로 만든 착상도 좋았지만 중국 설화를 미국이 영화의 소재로 이용했다는 것이 내겐 더 충격이었다. 중국인이 영화를 만든 것보다 더 재미있고 설득력 있게 소화시킨 미국인의 착상이 놀라웠다.

뮬란이라는 여성을 통해 중국의 뿌리 깊은 유교사상과 거대한 중국문화를 거부감 없이 받아들이는 아이들을 보며 문화란 이제 한 나라, 한 민족에게만 국한된 것이 아니라는 생각이 들었다.

문화란 발전시키고 전승시키려는 창의적인 사람들의 것이지, 더 이상 자신들의 자존심만을 내세우는 사람들의 것은 아니었다. 미국 영화가 중국 설화를 재창조하였듯이 우리 문화도 다른 나라에서 새롭게 태어날 수 있다. 나아가 우리도 세계 여러 나라 문화를 우리 것으로 다시 만들 수도 있다. 우리 문화의 우수성을 간직하면서 다른 문화도 적극적으로 받아들이는 '문화의 주체적 수용' 에 대해 넓은 안목이 필요해 보였다.

왕의 길을 걷다

　다른 절과 달리 용주사에서는 일주문이 눈에 띄지 않았다. 양반가의 위엄이 서려 있는 듯한 커다란 대문만이 보였다. 대문 앞 넓은 터에는 시원시원하고 큼직큼직한 돌들이 놓여 있었다. 넓적한 돌 사이로 나이를 가늠키 어려운 아름드리 은행나무들이 자리하고 있었다. 추운 겨울을 지내고 기지개를 켜기 시작한 나무들은 하늘로 성큼 솟아오를 것처럼 싱싱했다.

　용주사는 정조가 사도세자의 넋을 위로하기 위해 세운 절이다. 정조는 아버지가 뒤주에 갇혀 비참하게 숨을 거두는 것을 보고 늘 아버지에 대한 애처로움과 그리움을 가지고 자랐다. 왕이 된 후, 보경 스님으로부터 '부모은중경(父母恩重經)' 설법을 듣고 절을 세운 것은 그런 마음 때문이었을 것이다.

　경내에는 불심과 효심이 어우러진 '불설부모은중경(佛說父母恩重經)'판이 보관되어 있고, 부모은중경을 판각한 삼층 대리석탑이 서 있다. 석탑 앞에는 "내가 중생을 보니 비록 사람의 모양은 하였으나 마음과 행동이 어리석고 어두워서 부모님의 크신 은혜와 덕을 알지 못하느니라. 그래서 부모를 공경하는 마음을 잃고 은혜를 버리고 덕을 배반하며, 어질고 자비로움이 없어서 효도를 하지 않고 의리가 없느니라."라는 경전이 새겨져 있다. 그 석탑 앞에 서니, 부모와 자식 간에 정이란 무엇일까 하는 생각이 들었다.

이어 지도를 보았다. 영·건릉을 찾아가는 산길은 봄볕이 가득했다. 새로운 싹이 돋아나려는 땅속 분주한 움직임 탓인가, 자동차가 요란하게 흔들렸다. 땅에서 올라오는 아지랑이인지, 능에서 나오는 서기(瑞氣)인지 모를 영롱함이 시야를 몽롱하게 하였다.

융릉으로 발걸음을 재촉했다. 총기를 지닌 세자가 학식과 경륜을 펴보기도 전에 안타깝게 권력다툼에 희생되었던 슬픈 이야기. 뒤주 속에서 불행한 죽음을 맞이한 세자가 안타까웠고, 우리의 역사가 부끄러웠다. 근엄하게 후인들을 내려다보고 있는 듯한 사도세자와 혜경궁 홍씨가 묻힌 능을 나와 건릉으로 향했다.

융릉에서 건릉으로 이어진 길을 걸으니, 살려달라고 울부짖으며 죽어가는 아버지를 본 정조대왕의 모습이 떠올랐다. 왕이 된 후에, 아버지가 가지지 못한 것을 하나씩 취할 때마다 그 처절한 울음소리가 얼마나 대왕을 괴롭혔을까. 할아버지인 영조가 죽기 전까지 아버지에 대해 한 마디도 꺼내지 못한 일이 얼마나 한스럽고 죄스러웠을까. 세력다툼에 외로운 길을 걸으며, 아버지를 향한 사무치는 정을 가슴에 어떻게 묻었을까. 정조는 그런 회한과 간절함을 달래려고 아버지와 묘를 가까이 썼던 게 아닐까.

가끔 잘 단장된 고궁이나 능을 걸었다. 위용을 자랑했을 궁의 모습과 능에 묻혀 있는 주인을 생각하면 그들이 이루었던 치세에 경건해지곤 했다. 하지만 오늘은 눈부신 햇살과 물이 오르기 시작하는 나무들의 생동감에도 불구하고, 마음이 천근만근 내려앉는다.

잘 자란 참나무들이 빽빽이 숲을 이루는 길을 따라갔다. 품위와 격조를 살려주는 듯한 부도가 세워진 건릉이 나왔다. 조선 중기에 문무가 정비되어 완성된 국가를 다스렸던 정조대왕의 절제된 성품이 능을 타고 전해왔다.

정조대왕은 불교를 내치며 거부하는 시대에 용주사를 짓고, 부모은중경을 탑에 새겼다. 그리고 그는 평민으로 묻혀 있던 아비의 시신을 거두어 융릉으로 승격시켰다. 그런 다음 현명하게도 그곳을 아름다운 도시로 만들었다.

후손들의 발길은 끊이지 않았고, 조상에 대한 자부심도 가질 수 있었다. 모두 정조대왕이 가진 예지력 덕분이었다. 대왕의 효심을 생각하니 융릉과 건릉으로 이어진 길이 예사롭지가 않았다.

길은 멀리 떨어져 있는 것을 연결해주고 소통시키는 구실을 한다. 좁은 길은 그 나름의 사연을 지닌 채 이어주었으며, 앞뒤가 툭 트인 대로는 시원스럽게 사람을, 도시와 나라를 연결시켰다. 나아가 마음과 마음을 이어주는 길, 생각과 생각을 이어주는 길도 있었다.

봄기운이 가득한 그 길도 사도세자와 정조대왕을 이어주었다. 능과 능이 이어진 길을 통해 아버지와 아들의 따뜻한 정감이 교류하며 애틋한 사연도 미래로 이어졌다. 후손들도 길을 걸으며 그분들의 삶에 더 가까이 다가갈 것이다.

창경궁 조참의(朝參儀)

빗방울이 조금씩 떨어지는 명정전(明政殿)의 하늘은 옅은 회색이다. 사방으로 둘러쳐진 짙은 회색 기와 위로 회화나무가 명정전을 감싸고 있다. 하늘과 나무, 왕실의 위엄을 살린 용마루의 용두와 잡상들이 고즈넉한 궁궐의 분위기를 한층 살려준다.

창경궁은 태조 4년에 낙성한 수강궁으로 창덕궁에 기거하던 성종이 대비들을 따로 모시기 위하여 수리하고 확장하였다. 궁의 얼굴이라 할 수 있는 명정전은 웅장하기보다는 여성적인 단아한 기품이 느껴졌다. 권위나 위엄보다는 부모님이 노후를 밝고 따뜻하게 보내기를 바라는 마음이 건축 양식에 옮겨진 듯했다.

조참의(朝參儀)는 중앙에 있는 모든 문무백관이 모여 왕에게 문안드리는 조회의식을 이르는 말이다. 매일하는 것을 상참, 아일(衙日)마다 하는 것을 조참, 매달과 신정(新正), 동지(冬至)에 하는 것을 조하(朝霞)라 했다. 상참이 대신이나 중요 아문의 고위 관료들만이 편전에서 국왕을 배알하면서 경연(經筵)을 행하거나 시사를 아뢰는 데 반해서, 조참은 국가와 왕의 위엄을 상징하는 행사로 행해졌다.

조선 전기의 조참이 왕을 알현하는 순수한 의식인 데 반해서, 후기의 조참은 조계(朝啟)라 하여 국가의 중요한 문제에 대해 아뢰고 현안도 건의하는 등 성격이 바뀌어왔다. 영·정조 시대에는 조참의식을 통해 국가의 위엄을 상징하는 의식으로서뿐 아니라, 하위직 관리까지도 참여하게 하여 국사를 논의하는 열린 정치의 모습을 보였다. 더구나 조회를 하는 시각이 새벽 다섯 시경이라 하니 새로운 개혁을 꿈꾸었던 리더의 자세에 따라 시대의 역사가 앞서나갈 수도, 뒷걸음질칠 수도 있다는 것이 새삼스러웠다.

초엄, 이엄, 삼엄의 웅장한 북소리가 명정전을 가득 채운 후 넓은 하늘로 퍼져간다. 절차에 따라 문무백관들이 자리한다. 곧이어 왕께 모두 일어나 경의를 표하라는 말에 모두 일어나니 여(輿)에 누운 듯이 앉아 있는 왕이 등장한다. 성수무강이라는 연주악이 연주된다. 왕은 어좌에 오르고 뒤이어 인의가 2품 이상인 종친 및 문무 관원들이 동편문과 서편문으로 들어와 자리로 나간다. 찬의가 "국궁(鞠躬), 사배(四拜), 흥(興), 평신(平身)" 하며 창을 하니 종친과 백관이 네 번 절하고 일어나서 몸을 바로 할 때까지 태평년의 연주악이 울린다.

곧 신하의 진언 순서가 이어진다. 양반과 평민인 듯한 이들이 어좌 앞으로 나와 부복하고 차례로 말을 한다. "전하, 요즈음 기녀의 의복이 지나치게 사치스러워지고 있습니다. 이로 인해 나라의 기강이 흔들리고, 아름다운 미풍양속을 해칠까 두렵습니다. 이를 바로잡아 주옵소서." "전하, 이 미천한 것이 서른이 넘은 딸년을 아직

출가시키지 못하고 있습니다. 법대로 처벌받는 것이 마땅하지만 못난 애비를 보는 딸의 마음이 어떠할지 걱정되옵니다. 부디 곤장만은 면해주옵소서."

이것은 당시의 기록에 전하는 것을 그대로 재현한 것이라 한다. 아마 요즈음이었다면 "전하, 거리에는 머리에 빨강 노랑 물을 들이고 근본을 알 수 없는 옷차림을 한 이들로 가득 차 있습니다. 동방예의지국인 우리 조선에서 이 무슨 해괴한 풍속이겠습니까. 부디 바로잡아 주옵소서." 하지 않을까 싶다. 어느 시대나 새로운 변화는 반감과 우려를 갖게 하므로.

왕은 답변을 한다. "나라의 기강이 흔들리고 안 흔들리고는 백성 한 사람 한 사람이 마음가짐을 어떻게 가지느냐에 따른다. 저마다 우리의 미풍양속을 지키려고 노력한다면 아무 일도 없을 것이다. 집으로 돌아가 자신의 처지를 지키기를 게을리하지 말아라. 그리고 서른이 넘도록 자식을 출가시키지 못한 아비의 마음이 오죽하겠느냐. 내 은전을 하사할 테니 백 일 안으로 배필을 찾아주도록 하여라. 이렇듯 내 그대들의 한마디 한마디가 보석처럼 귀하도다. 소신을 가진 용기와 충절에 상을 내리노라. 부디 다른 신하들도 이를 본받도록 하라."라고 시원스럽게 말씀하신다.

왕이 퇴장하고 종친과 문무백관들이 모두 퇴장하니 조참의가 끝났음을 알리는 방송이 나온다. 뒤이어 궁중무용을 보고 자리에서 일어났다.

넓게 펼쳐진 잔디밭을 걷는다. 재현 행사와 같이 왕과 관리와 백성이 서로에게 마음을 열어놓았다면 조선의 역사는 다른 방향으로 전개되었을 것이다. 의혹과 베일에 싸인 정치가 부패를 가져오는 것을 우리는 역사를 통해 많이 보아왔다. 역사는 비슷한 모습으로 반복되고 있음도 언론에서 매일 접하고 있다. 서로의 입장을 배려하고, 자신의 본분을 지키며 발전하는, 품격 있는 사회가 절실하다.

패러디

　사직동에 있는 성곡미술관에서 '재현의 재현전' 이란 제목으로 기획 전시회가 열리고 있다. 여섯 명 작가들의 작품들은 패러디, 반복, 리메이트, 퓨전 등 모두 전위적 양상을 보이고 있다. 기획자는 우리 시대의 시각 문화 속에서 재현의 문제를 쟁점화하고자 전시를 기획하였다고 한다. 그림의 영원한 화두는 재현과 모방을 어떻게 하느냐에 있을 것이다. 나아가 환영의 개념도 그들에게 영원한 과제일 것이다.

　패러디와 그 이외의 장르는 미술에서만 볼 수 있는 현상은 아니다. 김춘수 시인의 「꽃」처럼 시 전문과 작가 이름까지 시구(詩句)가 되어 새롭게 태어나거나 재해석으로 패러디된 작품도 있다. 음악도 예전에 유행했던 노래들이 새롭게 편곡되어 다시 불린다. 영화에서도 리메이크하거나 명장면만을 모아 새로운 영화를 만드는 패스티쉬 기법이 사용되고 있다. 모두 패러디의 한 양상이다. 창작과 모방, 재시도 등 예술이란 무궁무진하다는 말이 실감났다.

　미술관에는 고전주의에서 볼 수 있었던 이분법을 원근법으로 표현하거나, 원근법을 공감각적으로 표현한 것, 초현실주의 작가들의 작품을 모두 이어 하나의 미스터리 테마로 글을 만든 것 등 고정관념을 깨는 작품이 많았다.

'페스티벌'이라는 작품은 신(神)들의 얼굴을 컬러 프린터로 뽑아 금박의 액자에 넣어 한 평 정도의 공간에 가득 채워놓고 있다. 크고 작은 액자 속에서 신들은 각기 다른 표정과 다른 각도의 효과, 다른 색감에서 느끼게 되는 표정들로 서로 다르게 보이게 했다. 섬세한 표정과 정성스럽게 액자에 끼운 모습, 빛나는 금박 장식이 제목처럼 축제를 연상시킨다.

무심히 지나칠 수 있는 것들을 함께 모아놓은 작품들이 있다. 시각적·공감각적으로 새롭게 표현한 것을 바라본다. 사물을 어떤 시각으로 보고 활용하느냐에 따라 예술로서 재창조가 될 수도, 모방으로 끝날 수도 있다는 사실이 새삼스러워진다.

얼마 전에 신인가수가 유명가수의 곡을 패러디하여 코믹하게 부르다가 원 노래를 부른 가수가 소송을 걸었던 일이 있다. 이 사건은 패러디를 창작으로 보느냐 모작으로 보느냐에 따라 가치가 상반되게 평가될 수 있다. 그리고 이는 이 시대 예술의 큰 논쟁거리이기도 하다. 문학 분야도 예외는 아니다. 포스트모더니즘 소설이나 시에서도 패러디나 패스티쉬가 논쟁의 쟁점이 되고 있는데, 이것도 창작으로 보느냐 모방으로 보느냐로 한동안 비평계에서 설왕설래했다. 동서양의 만남, 과거와 현재의 만남이라 하여 퓨전의 아름다움을 음식에까지 도입하는 일례도 있다. 전통음식을 현대식으로 개량하여 새롭게 버무려 서양음식화하는 시도인데, 늘 전위적

했어요. 복국 집에서 시원한 아침을 먹고 근대 부산 속으로 들어갔습니다.

중구청에 있는 '수온지'와 '기상청 건물'을 답사했어요. 언덕 뒤편으로 내려오며 '성공회 성당 건물'을 보았습니다. 빨간 벽돌로 지어진 본래 모습을 고스란히 간직하고 있었지요. 주변의 집들을 허문 후에야 비로소 오늘의 온전한 모습이 되었다고 하네요. 오랜 세월 동안 많은 풍파를 겪었을 건물이지요. 단정하고 겸허했어요.

중구에서는 '40계단' 주변을 문화의 거리로 조성해놓았더군요. 40계단은 피난민의 추억과 애환이 깃든 장소입니다. 부산역에서 대청동과 보수동으로 가는 길목이고, 부산항과 부산역을 내려다볼 수 있었던 유일한 장소였다고 하지요. 좁은 방에서 다리도 펴지 못하고 새우잠을 자고 나와 넓은 바다를 보며 집으로 돌아갈 생각이 간절했을 어머니, 아버지의 모습이 생각납니다. 지금은 문화를 이야기하고 있지만 그 당시는 생존밖에 생각할 수 없었던 시절이었지요.

점심 식사는 그 거리에 있는 '춘하추동 울면' 집에서 먹었지요. 냉울우면 대(大)를 호기 있게 시켰습니다. 커다란 냉면그릇에 면 두 뭉치가 담겨 있었어요. 서걱서걱한 얼음이 섞인 김치 국물이 가득했고요. 이 많은 양을 다 먹을 수 있을까, 고민됐지요. 젓가락을 들고 울우면을 먹기 시작했습니다. 쫄면과 국수의 중간이랄까요. 쫄깃한 중면 굵기의 면발, 시원하고 새큼한 김치 국물을 조금씩 먹다 보니 어느새 한 그릇이 비워지더군요.

시원한 점심을 먹고 '부산 근대역사관' 과 '부산 세관박물관' 을 관람하였습니다. 근대역사관은 외벽과 바닥에 대리석을 깔아 웅장함이 느껴졌습니다. 근대합리주의가 건물에서도 나타나고 있더군요. 동양척식회사에서 미 문화원을 거쳐 근대 역사관으로 바뀐 곳입니다. 역사의 한가운데서 표류하였던 건물이지요. 이제야 자신에게 걸맞은 이름을 얻었다고나 할까요. 오랜 세월 풍파를 견뎌낸 모습이 대견하고 늠름했습니다.

영도다리를 좀 더 자세히 보기 위해 통통배를 탔지요. 이제 조금 이른 저녁을 먹고 귀가하는 일정만 남았어요. 저녁은 부산지하철 남포동역 8번 출구로 나가 조금 걷다 우측으로 꺾어져 들어간 곳에 자리한 '성일집' 에 예약이 되어 있었지요.

남포동역 8번 출구로 나와야 하는데 그만 자갈치역 8번 출구로 나왔습니다. 아뿔싸! 일행을 잃어버려 한참을 헤맨 후 도착했지요. '성일집' 2층에는 답사팀이 자리 잡고 있었습니다. 저녁 메뉴는 꼼장어 구이였어요. 싱싱하고 매콤한 것이 입안에 착 달라붙었어요. 처음 먹었는데도 거부감이 전혀 느껴지지 않더군요. 재료가 아무리 좋아도 정성과 손맛이 없으면 제맛을 못 내겠지요. 또, 혼자 먹으면 그만큼의 맛이 나지 않을 거고요. 화려한 인테리어와 값비싼 음식이 아니어도, 정성과 손맛이 느껴지는, 맛있고 영양 만점인 먹거리가 부산에는 아주 많더군요.

십 년이면 강산도 변한다지요. 외모도 매일 조금씩 바뀌어갑니다. 생각도 시대에 맞게 달라지지요. 하지만 요즘은 늘 한결같이 자리를 지키는 것, 변하지 않는 것이 더 귀하게 느껴집니다. 이번

부산 근대문화유산 답사는 제가 지켜야 할 것이 무엇인가를 알게
해준 소중한 경험이었습니다.

시월愛

비행기가 구름 위로 가뿐히 올라섰다. 창공은 푸르고 투명했다. 구름 위 가벼운 기운을 느끼는데 어느새 해변을 끼고 있는 일본의 규슈공항에 도착했다. 바다를 매립해서 만든 곳이었다. 자연을 인간의 곁으로 끌어들여 이용하고 하나가 되는 것. 인류가 시작된 시점에서부터 사라질 때까지 지속될 테마이다. 하지만 그 자연을 인간의 입장에서 이용하느냐, 자연의 측면에서 사용하느냐가 중요하리라.

규슈공항은 그 답을 알고 있는 듯했다. 바다와 접한 활주로는 적당한 간격으로 바다와 사람들을 이어주었다. 화려하거나 거창하지 않으면서도 보이지 않는 규율이 작동하는 듯 했다.

일본 열도의 가장 남서쪽에 위치한 기타규슈는 고대와 근대 시대에 새로운 문물을 받아들인 개항지이자 공업도시다. 이 도시는 최근에 인천시와 자매결연을 맺으며 왕래가 잦아졌다. 이번 인천시립박물관과 기타규슈 박물관 자원봉사자들의 교류도 그 덕분에 이루어진 행사였다. 상대를 알고 받아들이기 위해서는 우선 상대방에게 한 걸음 다가가야 한다. 그런 의미에서 본다면 이 여행은 두 박물관, 자원봉사를 하고 있는 우리에게 큰 의미를 주었다. 만남이 시작되어야 생활과 문화의 교류가 이루어지고, 서로간의 입장이나 견해에 대한 이해가 싹틀 것이기 때문이다

시립자연역사박물관이 우리의 첫 행선지였다. 뼈대를 이어서 복원해놓은 커다란 공룡이 눈에 띄었다. 그들이 헤치고 다녔을 숲과 나무들의 모습을 상상했다. 바람 가르는 소리, 눈을 두리번거리는 모습도 선명하게 다가왔다. 수억 만 년을 뛰어넘어 온 것은 공룡뿐만이 아니었다. 특별전인 〈페루의 나스카 문명〉 유물들과 슬라이드 영화로 나스카 라인을 감상하니, 문명의 불가사의가 시공을 넘나들며 감탄과 경이로움을 주었다.

둘째 날은 시립미술관 견학으로 시작되었다. 개관 35주년 기념 〈석산사의 美〉 특별전이 열리는 미술관은 시립이라는 이름에 걸맞게 웅장하고 견고했다. 무라사끼라는 궁녀가 머물렀다는 전설을 가진 석산사는 불교미술뿐만 아니라 문학적으로도 상당한 가치가 있었다. 석산사의 그림들은 색채가 화려하면서도 성(性)에 대한 다채로운 표현이 돋보였다.

관람을 마친 후 큐레이터들과 만나는 시간이었다. 미술관이 창립되면서부터 시작되었다는 자원봉사 나이는 35세가 되는 셈이었다. 10기 봉사자를 신입으로 받은 인천시립박물관의 자원봉사 나이는 그에 비해 새파란 청춘이었다.

자원봉사는 나를 돌아보게 했다. 얄팍했던 지식이 조금씩 체계화되며 깊이가 깊어질 때는 봉사라기보다는 나를 위한 시간들이라

라는 사실이 실감된다. 그곳 큐레이터들도 생각이 같았다. 관람객이 모르던 것을 알게 되었다며 감사를 표할 때, 짧은 지식에 새로운 지식이 보태어져 유연한 설명을 했을 때 보람을 느낀다며 젊고 예쁜 선생이 활짝 웃어댔다.

버스를 타려고 주차장으로 오는데 꽃나무가 눈에 띈다. 10월에 꽃을 피운다 하여 이름이 '시월愛'인 벚나무였다. 따뜻한 봄날 무리를 지어, 뭉게구름이 피어오르듯 피었다면 축제와 같이 흥겨웠을 텐데……. 주변 꽃들이 모두 지고 난 후 홀로 꽃을 피우고 있었다. 10월의 사랑이어서 외로운 것인가, 철 지난 사랑이어서 쓸쓸한 것인가. 연분홍 꽃이 핀 '시월愛'는 외롭고 쓸쓸했다.

셋째 날, 요시노가리 유적지를 관람한 후 규슈국립박물관에 도착했다. 자원봉사자인 치예코 상은 따뜻한 미소를 가진 분이었다. 그녀가 우리를 안내한 곳은 유물들을 전시, 공개하기 전에 보존하고 복원하는 수장고였다. 내부가 보이는 창을 설치한 곳은 파리의 루브르박물관과 규슈박물관뿐이라고 했다. 치예코 상의 한국어 발음은 정확하면서도 절도가 있었다.

학문의 신을 모신 천만궁은 6,000여 그루의 매화나무로 둘러싸여 있었다. 매화꽃이 절정인 2, 3월에는 전국에서 관광객들이 찾아와 꽃과 향기를 즐겼다. 천만궁의 시조는 미쯔다네쯔라는 관리였다. 그는 본토에서 규슈지방으로 좌천되며 자신의 집 뒤뜰 매화나무에 시를 지어주었다.

"주인이 없어도 봄을 잊지 마라. 꽃을 피워 봄의 향기를 멀리까지 보내다오."

매화는 봄을 잊지도 주인을 잊지도 않았나 보았다. 꽃을 피운 매화나무 가지가 하룻밤 새에 본토에서 주인이 있는 규슈지방 천만궁까지 날아왔으니.

천만궁은 시험에 합격하기를 바라는 이들이 찾는 명소였다. 학문의 신을 만나는 절차를 치예코 상이 시범을 보였다. 입구에서 약수로 손을 씻고 입을 헹군 후 신 앞으로 나갔다. 치예코 상은 50엔짜리 동전을 소리 나게 던지고 박수를 짝짝짝 세 번 쳤다. 동전 소리와 박수 소리가 공기를 가르고 신에게 전달되게 아주 크게 쳤다. 그리고 손 모아 기도하며 고개를 숙였다.

천만궁을 나와 기념품점이 즐비한 거리를 걸었다. 우리보다 월등히 잘 사는 그네들에게 무엇을 살까. 아이쇼핑만을 하며 버스를 타러 가는 중이었다. 미예코 상이 천만궁 쪽에서 자전거를 밀며 내려오고 있었다. 손을 흔드는 우리에게 반갑게 웃음 짓는 그녀가 이제는 친근했다. 그녀는 자전거에서 내려 우리와 함께 보조를 맞추었다. 숙녀의 나이를 묻는 것은 결례이지만 넉넉한 웃음에 반해 실례를 무릅썼다. 그녀는 일흔네 살이라고 수줍게 말했다. 전혀 그렇게 보이지 않는다고 놀라니 미예코 상도 나도 마찬가지라고 센스 있게 답했다. 그녀는 60세가 되던 해부터 한국어를 배우기 시작했다고 한다. 아이는 없으며 남편과 자신은 각자 좋아하는 분야에 최선을 다하며 산다는 말 때문이었을까. 헤어지는 곳에서 자전거를 세우고 손을 흔드는 모습이 전날 보았던 시월愛 분홍 꽃을 닮아 있었다.

일본은 가깝고도 먼 나라다. 아직도 그들이 좋게만 보아지지 않는다. 하지만 일본 속으로 들어가 일본인들을 만나고 나니 생각이 조금 달라졌다. 그들도 평범하고 진솔하며 성실히 살아가는 똑같은 사람들이라는 것을. 멀리하고 견제하기에는 일본과 일본인들에서 배울 점이 아주 많다. 그들과 진정한 이웃이 되기 위해서는 우리가 더 치밀하고 꼼꼼하게 준비하고 넓은 시야를 갖도록 노력해야만 할 것이다.

제6부

섬

태고부터 같은 형태로 부표하는 섬
바라봄이 일상이다
그들의 고유언어에 귀 기울여 본다
섬은 호흡 고르는 법, 오래 참는 법
마음 열고 누군가를 기다리는 법에 대해 말한다

해무 짙은 날, 회색빛 포옹을 하고 싶을,
청잣빛 하늘 투명한 날, 두 손 마주 잡고 검푸른 바다로 내달리고 싶을
섬들이다. 아쉽게도 그들은 말없이 서로를 지켜볼 뿐이다
오래도록 바라보기 위해 적당한 간격을 두었나 보다

그대와의 관계도 그러하리라
숨을 참고 한 걸음 뒤로 물러서는 것
그대가 그대 안으로, 내가 내 안으로 걸어 들어가는 것
깊이 침잠하는 것, 골똘히 생각하는 것
섬에게서 배우는 사랑법이다

자발적 유배의 시간

　우리나라 최남단 마라도에 '자발적 유배의 시간' 이라는 명제를 붙인 창작스튜디오가 생겼다. 유배지였던 제주도에서도 배를 타고 30분을 더 와야 하는 그곳은 날씨가 좋아도 바람이 세게 불면 왕래가 끊기고 만다. 그것은 너울이 크기 때문인데, 본섬인 제주도를 눈앞에 두고도 들어올 수 없는 경우가 종종 있다.

　'자발적 유배의 시간' 은 마라도 창작스튜디오가 내건 슬로건이다. 유배란 늘 버림받아 외로운 시간을 버티는 것으로 알고 있었는데 그런 유배를 스스로 행한다니. 언어를 만들고 꾸며서 새로운 의미로 탄생시키는 것이 내 업이지만 스스로를 유배지에 갇히게 한다는 말만으로도 무작정 가슴이 뛰었다.

　그곳에 갈 수만 있다면 무엇이든 불사하겠다는 각오로 가족들에게 말했다. 남편은 남편대로, 딸은 딸대로 각자의 입장에서 반대를 했다. 멀리 호주에서 대학을 다니는 아들만이 잘 다녀오라고 내게 용기를 북돋아주었다. 겉은 말랑해보여도 한번 고집을 부리면 나도 쇠고집이었다.

내가 전혀 흔들리는 기색이 없자, 남편은 친정 식구들에게 도움을 청했다. 모두 곱지 않게 나를 보았다. 하지만 이미 입주허가 신청을 받아놓은 터에 되물릴 수는 없었다. 늦바람나서 가출하는 여인을 보는 듯한 따가운 눈초리를 받으며 용감하게 집을 나섰다.

제주공항에 내려 모슬포항으로, 그곳에서 배를 타고 마라도로 들어가야 했다. 관광객을 태우려고 들어가는 막배가 기다리고 있었다. 나는 큰 유람선을 혼자 타고 나의 유배지로 향했다. 파도가 잔잔한 바다, 깊이를 알 수 없는 심연은 에메랄드 빛으로 유혹했다. 포말을 일으키며 굽이치는 파도가 판타지의 세계로 이끌었다. 아름다움의 극치에서 왜 죽음을 택하는지 이해가 될 만큼 바다는 매혹적이었다.

배에서 내려 짜장면집 카트차를 얻어 타고 나의 유배지에 첫발을 디뎠다. 서쪽의 검푸른 바다는 말의 갈기를 연상시키는 파도로 유연하게 출렁거리고 있었다. 가슴에 쌓였던 무언가가 툭 터지는 소리가 들리는 듯했다. 유배의 형태가 모래에 자갈을 씹는다 해도, 베옷을 입고 겨울을 나는 핍박한 상황이어도 견뎌낼 수 있는데 이런 곳에서 유배의 시간을 갖다니. 전생에 어떤 복을 지어 이런 정신적 호사를 누릴 수 있을까. 모든 것이 감사했다.

하지만 도착할 때의 느낌과 달리 처음 며칠은 정말 유배를 온 듯했다. 태풍이 들이닥쳐 밖으로 나갈 수 없는 갇힌 상황과 축축한 잠자리, 조용히 숨어 있다 갑자기 따끔하게 물고 사라지는 물것들로 심란했다. 약속이나 한 듯 안부 전화 한 통 없는 가족들에 대한 서운함도 한몫했다. 하지만 제습기를 쓰는 방법을 배우고, 입주 작가들과의 생활이 익숙해지며 맑으면 맑은 대로, 비가 오면 오는 대로 외롭고 고단함을 견뎌나가는 마라도에 스며들기 시작했다. 선배 작가들의 치열한 근성도 나를 돌아보게 했다.

유배지에서 내가 제일 좋아하는 장소는 마라도 서쪽 끝에 있는 대문바위였다. 그 바위는 집채만큼 컸다. 밑으로는 굴이 뚫려 있어 만조일 때는 물이 가득 차고 간조 때에는 바닷물이 왕래했다. 푸른 초지의 잔디밭을 지나 바위 위로 가면 현무암의 형태를 그대로 볼 수가 있었다. 구멍이 숭숭 난 검은 바위는 석탄을 연상시켰다. 그 바위 위에서 좌선을 했다. 바다는 작은 여울로, 반짝이는 조각들로, 굽이치는 너울로 움직였다. 그 시간만큼은 우리나라 최남서쪽 넓은 바다가 온통 내 것이었다.

그렇게 앉아 서쪽 바다를 바라보면 다산(茶山) 정약용 선생이 생각났다. 조선의 대학자이며 실학자였던 다산 선생은 신유박해 때 강진군 도암면 만덕리로 유배를 갔다. 유배지에 있는 동안 선생은 많은 저서를 집필하였다. 18년 동안을 가택연금을 당하여 숨이 막히는 환경 속에서도 『목민심서』, 『흠흠신서』, 『경세유표』 등 5백여 권의 방대한 책을 저술하였다. 선생은 실사구시 정신에 바탕을 둔 여전론, 정전론이라는 토지개혁도 주장하였다. 재물은 소유하는 것이 아니라 베푸는 것이라며 기부를 강조하기도 했다. 같은 시대를 살았던 그는 마르크스나 에리히 프롬보다 훨씬 앞선 사상가이자 실용학자였던 것이다.

강진 바다를 바라보며 유배지에서 외로움을 달래는 선생의 모습
은 생각만으로도 쓸쓸했다. 세상과 격리되어 춥고 고독한 시간을
어떻게 보내셨을까. 그 외로움이 절실했던 만큼, 가족에 대한 그리
움이 컸던 만큼 시대를 초월한 명저를 남기셨을 터였다.

내게도 유배지는 고립되어 외로운 곳이어야 했다. 하지만 늘 2
%가 부족한 성격 탓에 쓸쓸하고 고독하기는커녕 바다만 바라보아
도 행복했다. 바위 위에 앉아 지는 해를 바라보면 그곳이 무릉도원
이 아닐까 착각조차 들었다. 자발적 유배지에서 결핍 아닌 풍요를
누리려니 다산 선생이 아들을 꾸짖는 편지의 구절이 생각났다.

책이 없더냐
재주가 없더냐
총명하지 못하더냐
어찌하여 스스로 포기하려 드는 것이냐

재주도 총명함도 없고 뛰어나지도 않지만 다행히 내게는 책을
마음껏 읽을 수 있는 여건이 있다. 쉽게 포기하지 않는 끈질김도
있다. 다산 선생이 아들에게 깨우쳐주려던 그 정신만큼은 내 것으
로 만들어 싶었다. 선생처럼 주목받는 역작은 짓지 못하더라도 '유
배' 라는 단어의 떨림만큼은 마음에 새겨 넣은 시간이었다.

서양자두꽃

　무이파(MUIFA)는 마카오에서 제출한 태풍 이름이다. '서양자두 꽃' 이라는 의미를 가진 무이파는 2011년 7월 28일 필리핀 해상에 서 발생했다. 그리고 서서히 북상하여 8월 6일 제주도 부근으로 들 이닥쳤다.

　제주 모슬포항에서 뜨는 정기 여객선과 유람선은 8월 4일부터 운행을 중단했다. 마라도에 거주하는 주민은 삼십여 명에 지나지 않는 것은 나머지 사람들은 모슬포항이나 제주도에 살며 배를 타 고 아침저녁으로 출퇴근을 했다. 배가 끊기니 그들도 들어오지 않 았다. 짜장면 집도 횟집도 장사를 할 수 없었다.

　마라도는 조용히 바다에 엎드려 있는 듯했다. 섬에는 몇 안 되는 주민들과 창작스튜디오 거주 작가 다섯 명, 기원정사의 스님 몇 분 과 해수관음상 옆 담을 쌓고 있는 인부 세 명, 공양주 보살 등 손으 로 셀 만큼의 인원만이 남아서 무이파를 만나게 되었다.

　'서양자두꽃' 이란 예쁜 이름을 붙여준 것은 큰 피해 없이 순순히 지나가기를 바라는 의미가 깔려 있다. 하지만 자두꽃 잔상을 떠올리기에는 무이파 기세가 너무도 위풍당당했다. 처음에는 3~5미터의 파고로 마라도 바위들과 조우했다. 큰 파도를 이렇게 가까이에서 만나 본 적이 없는 내게는 진귀한 광경이었고 멋지다는 감탄사마저 터져 나왔다.

바람을 맞으러 섬을 돌아다녔고, 파도가 계단을 타고 올라와 폭풍우를 몰아치는 지점에서는 곧 시작될, 곧 만나게 될 무이파에 대한 기대로 몸이 떨렸다.

사나운 기세로 무장을 마친 태풍은 점점 더 폭발적인 파도 군단을 이끌며 다가왔다. 바위에 부딪히는 파도는 폭격을 맞는 전쟁 영화를 연상시켰다. 붉은 화염이 아닌 하얀 포말로 이루어진 물폭탄이라는 것만 다를 뿐이었다. 파도는 이제 5~7미터로 몸을 세우고 다가왔다. 만조였던 바다는 기원정사 관음전 앞까지 밀려왔고, 작은 도로를 하나 사이에 두고 연속으로 터지는 물폭탄은 영화의 한 장면처럼 역동적이었다.

파도는 두 팔을 번쩍 치켜들고 마라도를 접수하려 했다. 9미터가 넘는 파도는 이미 감상에 젖어 보았던 에메랄드 빛 바다가 아니었다. 한순간에 무너지는 히말라야 산맥의 거대한 설원이었고, 갈기 세워 달려오는 적토마들의 격랑에 찬 울음이었다. 웅장하고 장엄했다. 만조였기에 태풍은 더 가까이 다가왔고 은밀한 내면을 속속들이 내보였다. 세상을 상대하거나 자연을 벗하려면 적어도 이정도 담력은 필요하다는 듯, 무이파는 잘 벼린 칼을 휘두르는 장수의 모습을 보여주었다.

서양자두꽃이라는 이름 때문일까. 기원정사에서 불과 3미터 앞까지 몰려온 태풍은 다행히 그곳에서 발걸음을 멈추었다. 조금 전까지 도사렸던 걱정과 불안을 모두 씻어가는 듯 마음이 후련해졌다. 무이파. 파열음을 소리 냄과 동시에 마음이 안정되어갔다.

7~8일을 기점으로 풍속 30~40미터, 강풍반경 300~400킬로미터였던 무이파는 기세를 꺾으며 뒤로 물러섰다. 거세게 달려들던 앞모습에 비해 뒷모습은 여운과 향기를 주는 듯 잔잔한 파도와 너울을 보였다. 어쩌면 그것이 서양자두꽃의 실체였는지도 모르겠다.

태풍이 지나간 후, 해변 곳곳에서 피해가 나타났다. 기원정사 앞 보도블록이 모두 헤집어지고 태양열 전광판이 날아갔다. 지붕과 간판이 날아간 횟집도 있었다. 해변 곳곳에 지저분한 쓰레기와 스티로폼이 떠다녔다.

숨을 쉬듯 훅훅 오므렸다 커지는 흰 거품 덩어리가 해안가를 점령했고, 사람들은 쓰레기를 줍는 소극적인 대처만 하고 있을 뿐이었다.

주민들과 함께 쓰레기를 주우며 자연은 정직하다는 말이 실감났다. 스티로폼도, 흰 거품도 모두 사람들이 양식을 하며 바다에 띄워놓은 것이거나 버렸던 세제 찌꺼기들이 몰려온 것이었다. 바다는 사람들에게 받은 것을 되돌려주며 인간과 자연의 공생에 대해 심각하게 경고하고 있었다.

아름다움을 지켜주는 것은 사랑의 필요조건이고, 상대를 위해 절제하고 불편을 감수하는 것은 충분조건이며, 필요충분조건이 만

족될 때 사랑의 주체(사람)와 객체(자연)가 모두 행복할 수 있다고
서양자두꽃 뒷모습은 말하고 있었다.

詩人의 맞절

　창작스튜디오 개관식이 있었다. 주최 측은 마라도 지역주민들과 문화가 교류하는 지점을 찾고자 여러 프로그램을 준비했다. 입주 작가 1기인 다섯 작가의 소감과 시 낭송도 순서에 있었다.

　작가들은 차례로 잔잔히 깔리는 음악에 맞추어 그동안 마라도에서 지낸 소감을 밝히고, 시낭송을 했다. 행사 후 입주 작가들과 초대 손님들, 주민들이 함께 다과회를 가질 예정이었다. 그러나 일기 탓에 모슬포와 마라도 창작스튜디오 두 곳으로 나누어 약식으로 치르게 되었다. 일기가 고르지 않고 파도가 높아 모슬포항에서 배가 뜨지 못했다. 다행히 전날 창작스튜디오로 들어온 운영위원장 김수열 시인과 조중연 실장이 참가하여 아주 약식이라고도 할 수 없었다.

　행사를 간략하게 치른 탓이었을까. 비 오는 날씨 탓이었을까. 행사 뒤풀이로 스튜디오 거실에서 간단한 술판이 벌어졌다. 누군가가 위원장인 김수열 시인에게 시를 낭송해달라고 요청했다. 더욱이 김수열 시인이 오장환문학상을 타게 되었다는 즐거운 소식도

들은 터였다. 1미터 85라는 껑충한 키의 시인은 아직도 소년의 티를 벗지 못한 순수한 느낌이었다. 그는 「아내의 건망증」이란 시를 낭송했다.

　　어느 일요일 늦은 아침을 먹는데 아내의 목소리가 착 가라앉았다 며칠 전 아무 생각 없이 부랴부랴 출근하다가 문득 정신 차려보니 차가 삼양검문소 지나 함덕으로 가고 있어 갓길에 세우고 잠시 멍하니 있다가 차 돌려 허겁지겁 출근했다며 숟가락 힘없이 내려놓는다
　　나도 무슨 말인가 해야 할 것 같아 한 마디 거드는데, 걱정 말라고 나이 들면 다 그런 거라고 나도 얼마 전 아무 생각 없이 봉개 지나 영도암 입구까지 갔다가 차 돌려 신엄으로 간 적 있다고 살다 보면 가끔씩 다른 길도 가는 거라고 태연한 척 말해주었다

- 김수열 「아내의 건망증」

　　아내를 생각하며 시를 낭송하는 시인의 목소리는 부드럽고 감성적이었다. 시를 듣고 시인을 보니 그의 아내도 시인처럼 사슴을 닮은 눈망울을 가진 온순한 여성일 것 같았다.

　　시의 내용으로 보아 아내는 시인에게 전혀 예상치 못했던 자신의 건망증을 걱정스럽게 토로한다. 또 남편은 화답하듯 같은 경험을 이야기한다. 시인과 그의 아내가 식탁에서 나누는 대화가 눈에 선했다. 아내는 점점 나이가 들어 정신이 혼미해지고 사라져가는 여성성과 더불어 우울함을 토로했을 것이다. 이에 대해 시인은 그래

도 당신은 여전히 아름답다고 아내를 위로했을 것이다. 시인이 들이컨 한라산 소주만큼이나 맑고 투명한 부부 사이의 대화법이었다.

좋은 시라고 감탄하는 청객들에게 시인은 아내와 자신은 마주보며 108배를 한다고 말했다. 처음에는 힘들지만 하다 보면 서로 힘이 되어 그만둘 수가 없다고 했다. 상대에게 힘이 되기 위해 절을 하는 부부의 모습을 생각하니 가슴이 뭉클해지고 눈물이 핑 돌았다.

사랑하는 사람은 마주보는 것이 아니라 한곳을 쳐다보는 것이라고 들은 적이 있다. 하지만 마주보는 것도, 한곳을 쳐다보는 것도, 사랑이라는 단어 앞에서는 모두 수사학적 언사일 뿐이란 생각이 들었다. 그가 어디를 쳐다보건 무슨 문제가 되랴. 한 공간에서 그가 숨을 쉬고 내가 숨을 쉬고 있다는 것처럼 의미 있고 감사한 일이 또 있을까. 시인 부부가 마주보며 한 108배는 종교적인 의식이라기보다 부부만이 교감할 수 있는 진한 몸의 대화였으리라.

겹담

　마라도 창작스튜디오는 기원정사 안에 있다. 원래 이곳은 스님들의 거처로 쓰이던 도량이었는데, 제주작가회에서 창작 집필실로 용도를 변경하여 운영하게 되었다고 한다. 기원정사의 입장으로는 도량 한쪽을 내어주는 일이 쉽지만은 않았을 것이다. 하지만 주지 스님의 배려 덕분으로 다섯 개의 집필실이 생겼고, 다섯 명의 작가가 그곳에서 '자발적 유배의 시간' 을 보내게 된 것이다.

　기원정사에 들어섰을 때 절 앞마당에는 해수관음상이 온화한 미소로 반겨주었다. 나는 곧바로 우뚝 서서 서쪽바다를 내다보고 있는 해수관음상께 두 손을 모아 합장했다. 왜 오려 했는지, 내려놓을 짐이 있다면 도량에 내려놓아라, 기꺼이 받아주겠노라고 말씀하시는 표정이었다. 세상일이 그냥 오는 것이 아니라 그것이 일어나기 위해서 주변이 먼저 움직이고 변했기 때문이라는 말도 생각났다. 그곳에 간 것도 보이지 않는 인연들이 서로 맞물려 관계를 맺고 풀어지기를 거듭한 까닭이리라.

　해수관음상 옆에 돌담을 쌓는 공사가 한창이었다. 인부 세 사람이 홑담을 겹담으로 쌓으며 돌을 크기에 맞춰 다듬고 깨는 과정이 무척 정성스럽게 보였다. 담을 쌓는 데도 저리 손길이 많이 가야 하는구나. 무슨 일이건 끝을 보는 심정으로 시간과 노력을 쏟아야 하거늘……. 이런 생각을 하며 자신을 되돌아보게 되었다.

인부들은 새벽부터 일을 시작했다. 겹담은 하루하루 다른 모습으로 변해갔다. 바람이 워낙 세서 홑담으론 부족한 듯싶었다. 보기에도 겹담이 홑담보다 위용이 당당해 보였다. 하지만 내 생각과는 달리, 인부들은 주지스님이 겹담을 쌓으라 해서 쌓는 것이지 홑담이어도 충분히 큰 바람을 버텨낼 수 있다고 입을 모았다.

예부터 제주지방에서는 권력이나 부를 가진 사람들의 집과 사찰은 서민의 집과는 다르게 겹담을 쌓았다. 무덤도 평민과 양반의 차이를 홑담과 겹담으로 구분했다고 한다. 그들이 겹담을 쌓는 이유는 견고한 실용성도 그렇지만, 권위를 세우려는 욕망도 작용한 듯했다.

사람 사는 일도 이와 마찬가지일 것이다. 세상에 나를 더 어필하려면 근사한 겉모습이 드러나야 하고 활달한 성격도 한몫을 하고, 나아가 경제력도 뒷받침되어야 한다. 그래서 백화점을 기웃거리고 재테크에 촉수를 세우며 모임에 잘 어울리기 위해 필요 없는 말과 웃음을 베푼다. 경우에 따라서는 다른 사람의 험담까지 불사한다. 나를 세우고 싶은 마음에서 나오는 행동이다. 하지만 그런 것들보다 더 중요한 것이 있다. 소박하고 근면한 생활, 남의 처지를 살피는 배려, 내면의 소리에 귀 기울이는 생활태도가 무엇보다 필요할 것이다.

　예고된 태풍의 위세는 대단했다. 비와 바람이 거세지고 파도는 기원정사 3미터 앞까지 밀려왔다. 눈앞에서 9미터 높이의 파도가 용트림을 하며 포효했다. 태풍에 쌓고 있던 담이 무너지지 않을까 걱정되었다. 다행히 사납게 울부짖던 태풍은 서해로 북상했고 파도는 잔잔해져 갔다. 바다는 다시 평온해졌고 멀리서 한라산도 모습을 드러냈다.

　태풍이 지나간 자리에 시멘트를 섞어 마감한 보도블록은 사정없이 깨지고 뒤엎어져 있었다. 이곳뿐만이 아니었다. 마라도 이곳저곳이 상처투성이였다. 하지만 돌담은 작업 중인 상태 그대로였다. 석공의 말처럼 태풍 속에서도 홑담과 겹담 모두 온전했다.

　나도 태풍을 직접 만나며 느꼈던 두려움과 섬에 갇힌 외로움이 한풀 꺾이고 익숙해져갔다. '자발적 유배의 시간'을 보낸 후 무엇을 만나야 하고 삶의 방향을 어떻게 정해야 할까. 홑담과 겹담을 쌓는 것을 보니 그 답이 찾아질 것도 같았다.

리더

　마라도 창작스튜디오에는 다섯 명의 작가가 입주했다. 저마다의 일정이 달라 다섯 방이 처음부터 끝까지 채워지지는 않았다. 하지만 마라도에 무이파가 들이닥쳐 모든 통행이 끊긴 일주일 동안은 서로 자의건 타의건 다섯 명의 입주 작가가 각자의 방을 지킬 수밖에 없었다. 아침 식사는 각자 해결하고 스튜디오 측에서 준비해주는 점심과 저녁을 함께 먹었다.

　다섯 명의 작가들은 마라도의 모든 것에 관심이 깊었고, 또 기후에도 민감했다. 비가 오면 비를 맞아야 하고, 바람이 불면 바람을 맞아야 했다. 그리고 마라도 등대는 누가 관리하는지, 집등은 가능한지, 파출소에는 직원이 몇 명이고 어떤 민원이 생기는지, 마라도에는 짜장면 집이 몇 집인지, 마라도 유일한 수송수단인 카트 차는 몇 대이고 어떻게 운전을 하는지 등 모든 것을 알아야 직성이 풀리는 사람들이었다. 민감한 '작가' 들이니 오죽했으랴. 다섯 작가들은 그저 식사 시간에만 서로 얼굴을 대했지만 직관과 통찰의 눈으로 서로를 관찰했다.

친구 셋이 길을 가도 배울 점이 있다는 말이 있다. 그리고 둘만의 관계에도 주도권을 잡는 사람과 따르는 사람이 생기기 마련이다. 다섯 명 중 나를 포함한 세 명은 여성 작가이고, 나머지 두 분은 남성 작가였다. 남성 작가 중 한 분은 제주도에서 온 희곡작가였다. 그분은 마라도가 제주도 영역이라는 책임감도 있었겠지만 각오를 단단히 해서인지 늘 근엄했다.

세 명의 여성 작가는 매달 모여서 합평회를 하는 '소주 한 병'의 멤버들이었다. 그러니 서로에게 익숙할 대로 익숙한, 얼굴에 점이 몇 개인 것까지 아는 서로 꿰뚫는 사이가 아닌가. 우리는 밥을 먹는 시간만큼은 자유롭게 농담도 주고받고 두고 온 가족 이야기를 나누곤 했다. 그러다가 감정이 격해지면 서로 눈물까지 흘리기도 했다. 그때마다 희곡작가분은 우리를 나무라며 사사로운 감정보다는 창작 집필실에 온 목적에 맞게 행동하기를 종용했다. 격식을 차리는 일에 조금 등한시하면 그 부분을 지적하며 창작스튜디오 집필 1기이니만큼 모범성을 강조했다. 나머지 사람들은 그분을 군기반장이라 불렀다. 그리고 성실하게 집필하는 모습을 보고 자신을 채찍질했다.

그가 자발적 유배의 시간을 보내고 귀가하게 되었다. 그 다음 날은 남성 소설가 한 분마저 귀가하였다. 그렇게 창작스튜디오에는 여성 작가 셋만 남았다.

제일 나이가 많은 그녀는 자신이 셋 중 나이가 가장 위라는 생각에 책임감이 드는 모양이었다. 늘 컴퓨터 앞에 앉아 집필에 열중하며 나름대로 자신에게 새로 주어진 군기반장의 역할을 수행하려는 눈치였다. 눈에 띄게 스스로에게 엄격해지는 그녀의 모습을 보며 몇 년 전의 내 기억이 떠올랐다.

집안에서 막내로 자랄 때 어른들 말씀대로 행동하고 공손하게 말하면 칭찬받던 때가 있었다. 나는 그때 세상도 그렇게 살면 다른 사람과 크게 부딪칠 일도, 큰소리 낼 일도 없겠다 싶었다. 커가면서 적당한 때에 굽히고 적당한 때에 욕망을 거두는 법에 점점 익숙해졌다. 그러다 보니 젊은 시절 밖에서 크게 실수한 적은 없던 것 같다. 또 그런 탓인지 사람들과 원만하게 지내는 것이 성격 좋은 사람으로 받아들여져 관여하는 단체마다 리더의 자리를 맡게 되었다.

결혼 후 아이들을 기르면서 가끔 이런 말을 들려주었다. 리더가 되어보아야 자신의 인생을 경영할 수 있으니 반장도 하고 남 앞에 나서기를 주저하지 말라는 당부였다. 하지만 조용히 주부로 살던 나는, 얼떨결에 문학단체의 리더 자리에 서게 되었을 때마다 쉽지 않았다. 사람들을 포용하는 힘도, 단체를 이끄는 일도……. 한마디로 말발도 세워야 했고, 글발도 남보다 앞서야 했다. 시간이 지난 후, 힘들고 괴로웠던 일들을 경험하고서야 내 그릇이 커졌다는 것을 알았다.

단체를 이끄는 자리에 있을 때는 항시 좋은 일만 있는 것은 아니었다. 그럴 때 내게 위안이 되어주었던 말이 '서번트십(섬김)'이란 단어였다. 팀원을 격려하고 섬기는 '서번트십'이 진정한 리더의 자세란 말에 용기를 얻을 수 있었다.

무엇인가를 제시하고 강요하는 리더보다는 따르는 사람을 도와

가며 함께 가는 리더가 진정한 리더다. 요즈음은 특히 그래야만 한다. 누구나 항상 리더일 수는 없다. 따르는 사람이 어느 날 리더가 되기도 하고, 리더였던 사람이 새로운 리더를 따르기도 한다. 제대로 따르고 제대로 섬길 줄 알아야 인정받는 리더가 될 수 있다.

평소 언니처럼 따르는 여성 작가가 리더의 역할을 잘 수행하기를 평생 동안 응원하고 싶다.

맞짱 뜨기

창가로 보이는 사나운 바다. 그 바다와 정면으로 맞닿아 걸진 한 판 승부를 벌이고 있는 바위. 할머니 혼자 사시던 빨간 슬레이트 지붕의 빈집. 그리고 창작스튜디오 용눈이 방 책상에 앉은 나. 셋은 서로 적당한 거리를 두고 나란히 바다를 본다. 가끔은 바위에서 낚시를 하는 사람도 보였지만 대부분 바위는 홀로 묵묵히 있다.

빈집은 주변의 황량함을 품고 홀로 서 있다. 집은 사람이 살지 않으면 순식간에 폐가로 변하기 마련이다. 하지만 빨간 지붕의 빈집은 전혀 그런 느낌이 들지 않는다. 편안하고 조용하다. 아침 배로 모슬포항 시장에 나간 주인을 기다리고 있는 듯하다.

빈집 뒤로 내가 있다. 눈이 바다로만 가는, 말이 필요 없는 시간이다. 머릿속이 다른 생각이 들어갈 틈이 없는데도 노트북 자판을 치면 신기하게도 손끝에서 단어가 구물구물 기어 나온다. 물레에서 실이 나오듯 잊히던 말들이 천천히 직조되어 나온다. 이 언어들이 세상에 나와도 될까. 오십 년을 살고 간신히 조그맣게 내뱉은 말들이 언어와 문자의 공해가 되는 것을 아닐까. 예리하고 치밀한 작가들이 즐비한 세상에 이런 글을 지어내고 있어도 될까. 걱정과 혼란이 앞선다.

하지만 뒤로 물러서기에는 너무 늦다. 싸움에 이기려면 배수의 진을 쳐야 한다지만 나는 배수의 진도 없는 막다른 지점에 와 있다. 삶이란 피하고 싶다고 피해지는 것이 아니다. 끊임없이 다가오는 사나운 파도와 맞짱을 뜨고 있는 검은 바위처럼, 주인이 돌아오기를 기다리고 있는 빨간 지붕의 빈집처럼. 그들의 외로움과 기다림, 견딤, 고독한 승부를 함께 나누고 싶다. 아니, 그것은 내 것이다. 이 공간에 발을 디딘 순간부터 바위와 빈집과 나는 이미 한팀이 되어 있다.

창작스튜디오에 들어와 후반부로 접어들고 있다. 집으로 돌아갈 시간이 점점 가까워지고 있다. 후반부의 시간은 앞에서 보낸 시간보다 더 빠르다는 말을 되새긴다. 시간을 더 알차게 보내야 한다. 하지만 알찬 시간이란 것은 어떤 것인가. 마라도를 내 안으로 끌어들여 내가 마라도가 되는 것보다 더 귀하고 알찬 것이 있을까. 국토의 최남단에 의연하게 떠 있는 작은 섬 마라도, 그를 이해하고 체화시키는 것이 이 여름 내가 선택한 일이다. 마라도를 떠날 때쯤이면 비록 비어 있을지라도 마라도 한편을 의연하게 지키고 있는 빈집처럼 나를 담담히 지켜나갈 수 있어야 한다.

묵언

　창작스튜디오에 세 명의 소설가와 아가씨가 한 명 남아 있다. 입주 작가에게 식사를 해주는 라봉 씨는 제주도에서 농사를 지으며 해녀학교에 다닌다. 세 명의 아줌마 작가는 처녀가 지어주는 밥을 먹으며 집필을 하고 있다. 정해진 식사 시간에 모여 여자 넷이 식사를 하는 식탁은 단출하다. 하지만 나름 영양을 생각하여 기초식품 5군을 골고루 챙긴 반찬을 차려준다. 남이 차려준 음식을 몇 해만에 먹어보는가, 얼핏 감상에 빠져든다. 이 마음은 내가 편하게 밥을 먹고 있는 이 시간, 가족들은 어떻게 식사를 할까로 벗어나가 집에 있는 가족들이 떠오른다. 잠시 숙연해진다.

　그래서였던가. 가라앉은 분위기에서 식사를 하는데 돌아가며 묵언수행을 하자고 누군가가 제의한다. 하루의 일상은 이러하다. 그저 자신의 방에 틀어박혀 글을 쓰든 책을 읽든 각자의 시간을 보낸다. 밥 먹는 시간과 차 마시는 동안만 잠깐 대화를 나누는 정도이다. 수행까지는 안 가도 하루 동안의 묵언은 '누워서 식은 죽 먹기'일 것 같다. 가위바위보로 순서를 정한다.

하루씩 묵언에 들어간다. 일절 말을 하지 않는 사람이 있고, 눈짓과 몸짓으로 의사표현은 하는 사람 등 모습도 성격과 닮아 있다. 드디어 내 차례이다. 법당에서 108배로 하루를 시작해서인지 크게 답답할 것 같지 않다. 하지만 함께 있는 시간 동안 말을 묶어놓자 깊은 우물에 갇힌 듯하다. 무심코 튀어나오려는 감탄사를 깜짝 놀라 손으로 입을 틀어막는다. 오전의 생소함이 오후가 되자 점점 편안해진다. 말을 하지 않으니 오히려 다른 것들이 눈에 들어온다. 말을 하지 않고 조용히 있으니 생각이 깊어지고 살피는 눈이 밝아진다. 귀 또한 더 넓게 열리는 듯하다. 말이 유용하기도 하지만 불필요할 수도 있음을 알게 된다. 눈빛과 몸짓만으로도 충분히 의사표현이 가능함을 깨닫는다. 오히려 말보다 몸으로 하는 언어가 그 사람을 더 정직하게 표현할 수도 있다는 생각이 든다. 서로 돌아가며 묵언을 하니 네 명이었는데도 말을 안 하는 것이 더 부드러워 보이는 사람, 말을 하는 것이 더 밝고 유쾌한 사람 등 서로 다른 모습이 보인다.

묵언수행은 원래 520년경 인도에서 건너온 달마대사가 묵언정진으로 한 면벽 9년이 그 시작이다. 묵언을 하면 처음에는 마음이 과거에서 미래로, 미래에서 현재로 이리저리 사방으로 움직인다고 한다. 이 마음을 구태여 고정시키려 하지 말고 마음 가는 대로 두는 것이 편한 것 같다. 경계가 없이 넘나드는 마음을 유심히 관찰하면 그 마음이 어디서 연유하였고, 왜 그렇게 정처 없이 떠다니는지도 보인다고 한다. 그 지점에서 성찰이 시작되며 욕망에 의한 번뇌를 분별할 수 있는 분별심이 생기는 것. 나 아닌 나, 즉 '참나'를 찾게 되는 순간이다.

"성 안 내는 그 얼굴이 참다운 공양구이요, 부드러운 말 한마디 미묘한 향이로세. 깨끗해 티가 없는 그 마음이 언제나 한결같은 부처님 마음일세."『법구경』의 구절이다. 부드러운 말 한마디, 부드럽게 웃어주는 미소, 상대의 손을 잡거나 어깨를 툭 건드려주는 스킨십, 상대에게 용기를 주는 문자 메시지 한 구절, 말보다 더 말다운 말이 세상에는 많다.

할망당

마라도는 주민 수에 비해 종교가 발달해 있다. 기원정사인 절, 성당, 교회가 있고, 원주민들의 기도 장소인 할망당이 있다. 이렇게 네 개의 종교가 자신의 세를 드러내지 않고 공존한다. 사람 둘만 모여도 경쟁이란 것이 존재하는데 네 개의 종교가 이 조그만 섬에 존재한다니 놀랍다. 잘은 모르지만 보이지 않는 미묘한 긴장이 없지는 않을 것이다.

기원정사는 넓은 터에 커다란 해수관음상을 모셔놓고 있다. 법당과 요사채를 지은 짜임새가 있는 절이다. 성당도 어떤 태풍이 와도 끄떡없을 듯한 거북이 모양의 귀엽고 튼튼한 외양을 갖추고 자랑한다. 교회도 마라도에서 가장 중심부인 높은 구릉 위에 서 있다.

그렇게 보면 네 종교 중 가장 서열이 밀려 보이는 것은 누가 보아도 할망당이다. 번듯하게 지어놓은 건물이 있는 것도 아니요, 누군가가 상주하지도 않고, 사람들과 종교가 같아서 애정을 갖고 한 번씩 더 눈길을 받지도 못한다. 할망당은 그저 옛날 해녀들이 물질을 하기 전에 제를 올렸다는 간판만을 앞에 두고 그냥 그렇게 무심히 돌로 쌓여 있다.

하지만 가끔 들러 소주 한 병 올리는 나처럼 객쩍은 신도가 아주 없지는 않은 모양이다. 돌로 쌓은 제단에 소주 몇 병과 제주의 암반수인 삼다수 몇 병, 그리고 조그만 조화 바구니가 놓여 있다. 자연스럽고 자유분방하게 돌을 쌓아 제단을 만들고 그곳에 마음 내키는 대로 제를 올리는 의식은 마티스의 〈춤〉을 연상시킨다.

춤이란 중력의 강요를 뿌리치려는 상승의지의 표현이라 한다. 관습이라는 틀에 묶여 있던 속박에서 벗어나려는 시도라고도 한다. 땅으로 돌아올 것을 알기 때문에 도약의 순간이 더 인상적이고 무한한 자유가 느껴진다. 춤이 땅으로 돌아올 것을 전제한 도약이라면, 물질은 지상으로 귀환을 내재한 침잠이다. 물에 들어가기 전 토속어로 된 민요를 한 가락 뽑고 물속에 들어가는 해녀의 모습을 상상해본다. 벌거벗은 채로 음악에 맞추어 움직이는 그림 속 인물들과 닮아 있다. 겉치레를 제거하고 난 후 인간 본연의 감흥이 느껴진다.

종교란 번듯한 장소에서 커다란 이념을 제시하기보다는 삶의 공간에서 위안을 주는 쉼터 역할이 되어야 한다고 평소 생각하고 있다. 할망당이 제주 해녀들의 모태종교로 오래오래 이어져나가길 빈다.

낯선 것에 능숙해지기

한곳에서 다른 곳으로 건너가는 일은 사물을 견지하는 능력만큼이나 주의를 요한다. 발밑의 단단한 안정감을 뿌리치고 미지의 것에 대한 불안을 이겨내야 한다. 나를 지탱하던 믿음을 송두리째 벗어던지고 앞으로 나가야 한다.

첫발을 내디뎠을 때는 두려웠다. 하지만 두 발, 세 발, 걸음을 옮기자 새로운 느낌이다. 두려움과는 다른 감정이다. 낯선 것에 대한 갈망일지 모르겠다. 수면이 흔들린다. 용기 내어 방향을 잡는다. 수련이 웃음 짓고 있는 저곳이 내가 꿈꾸던 곳이 아닐 수도 있다. 하지만 지금 그것을 판단할 필요는 없다. 일단 가보는 거다. 그리고 낯선 것에 능숙해져보는 것이다.

물에 만 밥

휴가 첫날이었다. TV 화면에는 쌍용자동차 공장이 나오고 있었다. 앵커는 노조가 본격적인 농성에 들어갔다고 말했다. 자세히 보여주지 않았으나 공장 주변을 둘러싸고 서 있는 제복 입은 젊은이들은 의경임에 틀림없었다. 아들은 의경으로 입대하여 쌍용자동차 공장이 가까운 곳에서 군복무를 하고 있었다.

달억 씨는 갑자기 머리가 혼란스러웠다. 조금 전까지만 해도 모처럼 갖는 한가한 시간으로 가슴이 뛰었다. 그동안 늘 무언가 계획하고 어딘가 전화하고 분주하게 이리저리 뛰어다녔다. 조금만 쉬려 하면 할 일이 생기고 친구들 전화가 오고 거절할 수 없는 술자리가 생겼다. 달억 씨는 이번 휴가만큼은 집에서 할 일 없이 이리저리 뒹굴며 며칠 푹 쉬고 싶었다. 그동안 혹사했던 몸에 휴식을 주겠다고 며칠 전부터 굳게 마음먹은 차였다. 하지만 뉴스를 보자 편안한 휴가를 즐기려던 마음은 순식간에 사라졌다.

아침을 먹으려고 식탁에 앉았다. 아들이 없으니 식구라야 달억 씨 부부와 딸아이가 전부였다. 세 식구가 동그마니 앉아 식사를 하는 중이었다. 달억 씨는 갑자기 식탁의 빈자리가 무척 썰렁하게 느껴졌다. 휑한 바람 소리가, 이가 뭉텅 빠져버린 듯한 허전함이, 무엇으로도 채워지지 않을 것 같은 외로움이 가슴 가득 밀려왔다. 비어 있는 자리는 자신을 믿고 사랑해주던 아버지와 어머니, 자신을 닮아 축구와 테니스를 좋아하던 아들, 시도 때도 없이 찾아오던 형제들과 조카들 자리였다. 아버지가 돌아가시고 형제 누이들도 점차 왕래가 뜸해 비어 있는 날이 많던 자리는 명절이 되거나 아들이 휴가를 나와야 간신히 채워졌다.

달억 씨는 자주 만나던 얼굴들이 하나 둘 시야에서 멀어져갈 때마다 자신의 존재감이 조금씩 줄어드는 듯했다. 그러다가 언젠가는 있어도 그만, 없어도 그만인 사람이 될 것 같았다. 그에 비해 아내는 오라는 곳도 갈 곳도 많아 보였다. 예전의 아내는 달억 씨에게 질세라 목소리를 높이며 옳고 그름을 따졌다. 하지만 어느 날부터인가 당신 말이 모두 맞다며 수그러들었다. 아내가 주장을 버리니 집안의 주도권이 모두 달억 씨에게 오는 듯했다.

그런데 이상한 일이었다. 시간이 지날수록 자신은 점점 왜소해지고 아내는 커지는 느낌이 들었다. 아내의 관심사는 달억 씨를 떠나 더 넓은 세상을 바라보는 거였다. 그럴수록 달억 씨는 자신의 일에 몰두했다. 평상시보다 큰 목소리로 집 안이 쩌렁쩌렁 울리도록 아내와 딸에게 말을 건넸다.

"휴간데 뭘 하지?"

편히 쉬려던 마음은 멀찌감치 사라진 후였다.

"오산 경찰서에 들러, 쌍용자동차 농성장에 갈까요. 경찰까지 투입되었다고 하던데. 별일이야 없겠지만요."

아내의 목소리에도 걱정이 묻어나고 있었다.

의경들의 근무지는 경찰서 뒷건물이었다. 커다란 경찰서 건물 뒤로 회색빛 이층 건물이 숨어 있었다. 앞 건물의 그림자인 양 그늘지고 주눅이 들어 있는 모습이었다. 건물은 텅 비어 있었다. 중대원 모두 시위를 막으러 출동했다고 했다. 가슴이 덜컥 내려앉았다. 공장은 20km를 더 가야 했다. 농성장으로 가는 길은 초행길이어선지 멀게만 느껴졌다.

공장 출입구는 모두 차단되어 있었다. 공장 앞 도로는 안으로 들어가지 못한 농성자와 가족들, 기자들, 그들의 행동을 저지하려는 경찰들과 의경들로 인산인해였다. 공중에서는 헬기가 두두두 소리를 내며 무언가를 공장 안으로 집어던졌다. 한쪽에서는 경찰이 농성자를 구타한 사진들을 전시하고 있었다. 해고된 사람들과 가족들, 출근하려는 사람들, 농성을 제지하는 사람들, 취재진들이 우왕좌왕하며 서로 섞여 있었다. 그들은 네 편과 내 편을 가르고 상대를 향해 공격적 자세를 취했다.

달억 씨는 조금 떨어진 곳에서 그들을 보았다. 달억 씨에게는 네 편과 내 편을 가르는 사람들이 모두 같은 사람들로 보였다. 그들은 동시대 사람들이었다. 역사를 함께 쓰는 사람들이었다. '우리'라는 카테고리로 묶여진 사람들이었다.

출입문 안쪽으로 무장한 군인들이 서 있었다. 8월의 뙤약볕에 둔중한 방독면을 쓰고 방패를 든 채였다. 방독면을 벗은 군인들은 하나같이 어렸다. 아들 또래들이었다. 그들의 검은 얼굴은 피로에 지쳐 있었다. 무언가를 지키고 있는 젊은이들, 눈부신 젊음이 몸속 어딘가로 깊게 침잠해버린 스물두 살 아들들, 그들이 인간 철조망이 되어 겹겹이 서 있었다. 달억 씨는 젊은이들에게 부끄럽고 미안한 마음이 들었다. 아들의 얼굴을 볼 자신이 없어졌다. 달억 씨는 아들을 찾아보자는 아내의 말을 귓등으로 흘리며 농성장 입구에서 발걸음을 되돌렸다.

집으로 돌아오는 길은 휴가 인파로 체증을 앓고 있었다. 소문난 맛집에서 식사를 하려던 마음은 사그라졌다. 힘없이 집으로 돌아와 아침에 먹다 남은 찬밥과 밑반찬 몇 가지로 저녁을 먹었다. 달억 씨는 찬밥에 물을 말았다. 풋고추를 고추장에 찍어 우적 씹었다. 전화벨이 울린 것은 그때였다.

"아버지, 여기 오셨었다고요? 걱정하지 마세요. 볼트, 드라이버가 장난 아니게 날아오지만, 언제 또 그런 것으로 맞아보겠어요. 시위만 끝나면 3박 4일 특박도 보내준대요. 하하하……."

아들의 웃음소리가 긴 여운으로 들렸다. 목소리가 더 굵어진 듯도 했다. 아들은 온몸과 마음으로 세상을 만나고 있었다.

아들의 전화를 끊고 난 후, 달억 씨는 갑자기 식욕이 돌았다. 무심코 먹던 물에 만 찬밥이 이제껏 먹어본 음식 중 가장 맛있게 느껴지는 순간이었다.

그해 여름

　장마가 끝난 후 개울에는 누런 물이 넘쳐흘렀다. 개울물이라 하기에는 이미 도를 넘어선 작은 내였다. 평소에 볼 수 없었던 거센 물살은 아이들에게 모험의 대상이었다. 여자아이들은 펄럭거리던 치맛자락을 배꼽까지 두르륵 말아 올려 팬티 속으로 집어넣었다. 곧 시작될 재미있는 놀이에 상기된 표정이었고, 하나같이 눈동자는 초롱초롱했고 입을 크게 벌려 웃고 있었다.

　아이들은 하나 둘씩 개울물에 발을 담그기 시작했다. 나도 조심스럽게 한 발을 담가보았다. 평소에는 흐르는 듯 마는 듯 자갈과 작은 돌들이 비치던 가장자리였다. 물이 불어난 개울은 가장자리도 빠르고 힘차게 흐르고 있었다. 강단이 센 아이가 두려움 없이 성큼 발자국을 떼고 있었다. 나머지 아이들도 그 아이를 따라 한 발자국씩 발을 옮겼다. 이미 떠내려가려는 몸을 가까스로 유지해가며 겁 없이 개울을 건너는 아이도 있었다.

　체구가 작았던 나는 개울을 서슴없이 건너는 아이들이 부러웠다. 평소였다면 그까짓 개울물쯤은 문제도 되지 않았을 터였다. 골목에서는 어느 놀이건 잘하는 나였다. 못하는 것이 있다면 매일 밤, 상을 펼쳐놓고 하는 공부뿐이었다. 그 외에는 모든 것에 자신 있었다.

아니, 한 가지가 더 있었다. 먼 산까지 가는 길목에 어미 소가 한 마리 묶여 있었다. 아이들은 소가 있는 곳으로 뛰어가곤 했다. 하지만 나는 그곳을 아이들처럼 지나치지 못했다. 소가 뾰쪽하고 단단한 뿔로 받아버릴 것만 같았다. 아이들은 빠른 뜀뛰기로 소를 지나쳐 평평한 길로 가는데 나는 늘 돌아서 한참을 걷는 논길로 다니곤 했다. 그것만 빼면 고무줄놀이도, 달리기도, 소꿉장난도 모두 자신 있었다.

개울 건너편에는 우물이 있었고, 엄마는 그곳에서 장마에 눅눅해진 옷가지를 빨고 있었다. 엄마는 빨래 방망이로 커다란 빨래를 펑펑 두드리고 있었다. 엄마가 도구를 사용하는 모습은 낯설지 않았다. 엄마는 내게도 회초리를 잘 사용했다. 숙제를 해가지 않았을 때, 오빠와 싸웠을 때, 반찬투정을 했을 때, 동네 어른들께 인사를 안 했을 때, 엄마가 옳다고 생각해놓은 규율을 어기면 영락없이 장롱 위에서 회초리를 꺼내곤 했다.

사실 그 회초리감도 내가 구해다 주었다. 삼월이 되어 초등학교에 입학할 때였다. 오빠가 다니는 학교에 나도 다니게 되었다는 생각으로 나는 꿈에 부풀어 있었다. 생일이 5월인 나는 여덟 살에 학교에 들어가야 하는데 엄마는 어떻게 했는지 일곱 살인 나를 학교에 입학시켰다.

애가 총명해서 잘 따라갈 거예요, 엄마의 말이었고 선생님은 오빠를 보면 잘할 것 같긴 한데요, 하고 말했다. 그랬다. 선생님은 오빠를 보면 잘할 것 같다는 말이었지 나를 보고 말하진 않았다. 엄마와 나는 그때부터 그 말에 코를 꿰어 이끌려가야 했다. 오빠에게 사다 준 동화책을 빨리 읽게 된 것이 엄마가 믿고 있는 총명이라는 말의 전부였다. 아무것도 모르던 나는 교실의 맨 앞줄에 앉아 누런 코를 흘리며 원하지 않던 규칙 생활을 따라야 했다.

입학식을 하러 학교로 갈 때였다. 학교 담장에 이른 개나리가 피어 있었다. 엄마는 "경옥아, 개나리 좀 봐, 활짝 웃는 것이 꼭 우리 경옥이를 닮았네." 하면서 내 기분을 한껏 북돋아주었다. 사실 꿈에 부풀었던 것은 엄마였는지도 모르겠다. 내가 학교를 다니고 손이 덜 가면 엄마의 시간이 많아질 테니까. 아무튼 학교 담장에 피어 있는 노란 꽃 색깔에 현혹된 날부터, 한 살이 많은 아이들 틈에서 내 힘겨운 세상 따라가기가 시작되었다.

개나리가 지천으로 피어 있던 날, 나는 힘겹게 세 가지를 꺾어 집으로 가져갔다. 개나리를 보며 웃음 짓던 엄마를 위해서였다. 하지만 내 손에 쥐어진 개나리를 보고 엄마는 그다지 달가워하지 않았다. "다음부터 꽃은 꺾지 마라." 하는 말만 들었을 뿐이었다. 마음을 몰라준 엄마가 섭섭했지만 나를 더 서운하게 한 것은 그 개나리 가지의 용도였다. 물병에 담긴 개나리가 시들자 엄마는 개나리의 꽃을 손바닥으로 훑어내었다. 몸체만 드러낸 얇은 가지는 부드러웠다. 만화에서 보았던 칼싸움이 생각났다. 엄마는 나머지 한 손으로 가지를 구부렸다. 곧 싸움을 시작할 무인의 태세였다. 나는 다음 장면이 기대되어 숨을 참으며 엄마를 쳐다보았다. 나긋나긋

한 개나리 가지가 회초리로는 그만이란다. 엄마는 개나리 가지를 쓰다듬으며 장롱 위에 올려놓았다.

그때부터 회초리는 늘 나의 행동에 제재를 가했다. 회초리로 으름장을 놓는 대상은 오빠와 나였지만 종아리를 맞는 사람은 거의 나였다. 일곱 살의 내게 학교는 버거워서 날로 부담과 스트레스를 주었다. 옆집 명희는 아직도 골목에서 놀고 있는데 나만 이른 아침부터 학교를 가야 했고, 다녀와서 숙제를 해야 했고, 일곱 살인 티를 감추기 위해 엄마와 밥상을 가운데 놓고 공부를 해야 했다. 방 안에서 듣는 골목의 소리는 내게 소음이 아니라 천상에서 들려오는 하모니였다. 저리 아름다운 소리들이 있을까. 늘 동경의 대상이었고 누군가가 나를 불러주기를 목이 빠지도록 기다리곤 했다.

명희가 대문에서 부르기만 하면 숙제를 하는 척하다 총알같이 뛰어나갔다. 엄마도 바쁜 사람인데 늘 나를 주시하지는 못했다. 밖으로 나가면 그때부터는 내 세상이었다. 골목에서 멀리 떨어진 곳으로 놀이터를 개척해가며 들로 산으로 뛰어다녔다. 우연히 만나는 같은 반 아이는 아이들이 많은 데서, 너 어제 숙제 안 해가서 선생님한테 혼났지, 하고 창피를 주었고 나도 질세라, 너는 얼마나 잘해 갔는데, 하며 응수했다. 하지만 집으로 오면 사정이 달라졌다. 저녁을 먹은 후 영락없이 밥상은 다시 놓였고 엄마와 나는 마주앉아야 했다.

방학이 시작된 어느 날이었다. 아침을 먹자마자 밖으로 나가려는 나를 엄마가 불러세웠다. 그러고는 공부를 하자며 밥상을 또다시 폈다. 이미 골목에는 아이들이 모여 있었다. 입이 뽀로통하게 나온 나는 건성으로 책을 펼쳤다. 새로 외우게 된 구구단은 어려웠다. 사과를 두 개씩 한 번 먹으면 두 개를 먹는 것이고, 두 번 먹으면 네 개를 먹는 것이었다. 또 네 개를 한꺼번에 한 번 먹으면 네 개이지만, 두 번 먹으면 여덟 개였다. 사과를 누가 그렇게 한 번에 많이 먹는다고, 셈을 하라니 이해가 되지 않았다. 엄마가 회초리를 옆에 놓고 앉았을 때부터 시작된 의아심이 머릿속에서 맴돌며 떠나지를 않았다. 엄마는 회초리로 책상을 때려가며 정신 차리라고 으름장을 놓았다. 욕구가 충족되지 않으면 회초리로 내 종아리를 후려칠 터였다.

아버지는 벼의 생산성을 연구하는 공무원이었다. 아버지는 벼농사를 하는 곳마다 찾아다녔다. 어느 벼가 낟알이 굵고 많이 열리는지를 확인하고 종자를 개량하기 위해 실험적으로 심어보는 일이었다. 아버지는 출장이 잦았고 그해부터는 농촌진흥청 기숙사에 기거했다. 엄마의 갈등은 그때부터 시작되었다. 엄마의 촉수는 아버지를 향해 있었고 오빠와 나는 그 다음이었다. 그렇다고 아버지를 따라 그곳으로 이사를 갈 형편도 못 되었다. 우리가 살고 있는 소도시는 그나마 할머니가 살고 계신 시골에서 몇 걸음 아버지를 향해 온 것이었다. 아버지가 있는 곳으로 가자니 시골에 계신 할머니만 떨어뜨리는 것이었고, 그냥 살자니 모든 것이 이것도 저것도 아닌 상황이었다.

그런 엄마가 사업을 시작했다. 사업이라야 거창한 것이 아니라 미군부대에서 몰래 군수품을 사다가 사람들에게 파는 일이었다. 파는 사람도 사는 사람도 쉬쉬하는 걸로 봐서는 좋지 않은 일임이 분명했다. 개나리 가지를 꺾는 것도 나쁜 짓이니 다음부터는 하지 말라던 엄마가 내게 할머니나 아버지에겐 말하지 말라며 그런 일을 하다니.

군수품을 사는 곳은 기차를 타고 가야 했다. 시작은 했지만 엄마도 자신이 없었는지 나를 데리고 갔다. 엄마와 서울로 가는 기차를 타자 나는 꼭 소풍을 가는 기분이었다. 빠르게 지나가는 나무도 집도 모두 나를 향해 손을 흔드는 듯했다.

기차가 주내역을 지날 때였다. 기차는 잠시 서서 신호를 기다리고 있었다. 엄마는 내 손을 쥐어 잡고 급히 기차에서 내려야 한다고 했다. 미군부대가 그쪽에 있어 내려서 걷는 것이 빠르다고 했다. 엄마는 기차표도 사지 않은 것이었다.

역도 아닌 곳에서 황급히 뛰어내렸다. 기차 승무원 아저씨가 쫓아올 것만 같았다. 무서워서 엄마를 쳐다 보았다. 엄마의 옷은 구겨져 있었고 얼굴은 초췌했다. 늘 웃음과 근엄함을 함께 지니고 있던 엄마가 아니었다. 오빠와 내 옷을 숯불을 달궈 넣은 다리미로 깔끔하게 다려 입혀줄 때의 표정이 그 얼굴에는 없었다. 순간 움직이지 않는 산처럼 보였던 엄마가, 작고 보잘것없는 늘 내가 밟고 놀았던 시골집 동산처럼 보였다. 오히려 그 동산은 자두나무도 있고 대추나무도, 밤나무도 있어 늘 우리의 군것질거리를 제공해주었다. 하지만 내가 본 엄마의 산은 공허했고 비겁해보였다.

그 일이 있은 후 엄마도 내게 창피했는지, 못할 짓이라 생각했는지 사업의 방향을 바꾸었다. 계주가 되는 일이었다. 하지만 그 일도 앞 번호에서 계를 탄 누군가가 자취를 감추는 바람에 오래가지 못했다. 엄마는 누구에게도 상의할 수 없는 문제에 봉착하여 훌쩍이며 몇 날 며칠을 울었다. 아이들에게 과일도 못 사주고 모은 돈인데, 하며 그동안 모아두었던 돈을 다 털어낸 후, 참외 한 접을 사가지고 왔다. 노랗고 굵은 참외였다. 그해 여름 오빠와 나는 참외를 실컷 먹었지만 기분은 썩 좋지 않았다.

그런 엄마가 내게 회초리를 휘두르려고 했다. 엄마가 나 때리면 할머니와 아버지한테 다 이를 거야, 눈을 동그랗게 뜨고 떨리는 목소리로 또박또박 말했다. 엄마의 눈에 파란 빛이 스치고 지나갔다. 설핏 물기도 어리는 듯했다. 겁이 덜컥 났다. 엄마의 마음을 아프게 했나 보다, 후회되었다. 하지만 이미 늦었다. 엄마는 오른손으로 회초리를 잡았고 구구단을 외워보라고 했다. 차근히 외워도 될까 말까인데 가슴이 떨려 도무지 생각이 나지 않았다. 엄마는 일어나서 종아리를 대라고 했다. 훌쩍이며 종아리를 회초리 앞으로 가져가자 그때부터 매질을 시작했다.

몇 대를 맞았을까. 서러웠다. 가겠다고 하지도 않은 학교를 왜 일찍 보냈을까. 왜 늦게 태어나서 오빠를 닮으라는 소리만 들어야 할까. 동생을 하나 낳아달라고 노래를 불러도 콧등으로도 안 들으며 왜 동생 노릇만 잘하라고 할까. 설움이 복받쳤다. 회초리를 맞는 것보다 내 설움에 겨워 엉엉 울었다. 엄마도 자신의 화를 못 이겨 회초리를 집어던지고 밖으로 나가버렸다.

한참을 우는데 윗목 저쪽으로 누르스름한 것이 놓여 있었다. 엉, 저거 빵인가 봐. 울면서도 눈이 번쩍 뜨이고 마음이 누그러졌다. 엄마가 빵을 만들었나봐. 공부를 잘하면 주려고 했는데 내가 못해서 회초리를 맞았나봐, 눈물을 닦으며 가까이 다가갔다. 하지만 그 것은 빵이 아니었다. 빨아놓은 걸레였다. 눈물이 어려 누르스름한 것을 빵으로 잘못 본 것이었다. 실망하여 한참을 더 울다가 잠이 들었다.

엄마는 건너편 우물가에서 빨래를 하고 있었다. 방망이질에 몰 두한 엄마는 건너편의 나를 보지 못했다. 나도 엄마, 하고 부르려 다가 참았다. 개울 가장자리에서 멈칫거리는 나를 보자 명희는 우 리 같이 건널까, 하며 손을 잡았다.

양쪽으로 잡은 친구들 손에 의지해 발을 떼었다. 발등으로 느껴 지는 물살은 거세고 차가웠다. 물결은 빠르게 움직이며 다리 사이 로 빠져나갔다. 둥근 돌들이 미끌미끌하게 신발을 밀어내었다. 더 듬더듬 발밑으로 돌을 디뎌가며 개울 가운데쯤 왔다. 우물은 한결 가까워졌다. 얼른 건너 엄마 등 뒤에서 깜짝 놀래 주어야지, 생 각하며 조금 큰 돌을 밟은 순간이었다. 새로 디딘 발이 미끄러지며 기우뚱했다. 빠른 물살을 만난 몸은 주춤거리며 물속으로 기울었 다. 친구들을 잡았던 손도 힘없이 풀렸다. 그리고 거센 물결에 휩 쓸렸다. 개울이 이렇게 넓었나, 떠내려가면서 보았던 개울은 거대 한 강이었고 올려다본 하늘은 끝없이 푸르고 맑았다. 늘 보던 하늘 인데도 다르게 보였다. 이렇게 떠내려가는구나, 내가 죽는구나, 생 각하며 정신을 잃었다.

누군가가 내 이름을 부르며 나를 흔들었다. 아득히 먼 곳에서 내 가 나를 향해 천천히 걸어 들어왔다. 눈을 떠보니, 개울의 폭이 좁 아지는 둥그런 콘크리트 관 앞이었다. 개울가에서 한참을 내려온 곳이었다. 개울은 이곳을 지나 다른 물들과 만나서 샛강을 이루며 폭이 넓어졌다. 축 늘어진 나는 엄마 품에 안겨 있었다. 엄마의 옷도 흠뻑 젖어 있었다. 엄마는 내 이름을 부르며 나를 흔들고 있었다. 목소리는 나를 감싸고 있는 품처럼 축축하게 젖어 있었다.

나를 본다

사람들은 항시 말하지. 모든 일을 객관적으로 초연하고 대범하게 처리하라고. 한발 물러서서 사건을 바라보라며 이성이라는 것이 우리를 설득시키곤 해. 그것에 설득당한 나는 교양 있고 우아한 표정을 짓지. 세상의 모든 것을 포용하겠다는 과장된 모션까지 취하기도 해. 하지만 그 한발 물러서기까지가 얼마나 힘든지 우리는 알고 있어. 백조가 수면 위의 우아한 자태를 유지하기 위해 물밑에서 두 발을 끊임없이 휘젓는 것과 마찬가지로 말이야.

결국 이혼을 하고 말았구나. 요즘 젊은 부부들 세 쌍 중의 하나가 이혼을 한다고 하더구나. 그렇게 생각하면 네 이혼이 특별한 일은 아닐 거야. 하지만 오래 참고 견디는 것에 익숙한 너를 알기에 네 결정이 쉬운 일은 아니었으리라 생각해. 아이를 키우며 혼자 살아가는 것은 부부가 함께 살아가는 것보다 책임져야 할 일도, 결정해야 할 일도 훨씬 많을 텐데. 외유내강. 너를 보며 늘 느낀 생각이었지. 잘 이겨내리라 생각하면서도 황량한 마음을 다잡기 위해 노력하는 너를 보면 마음이 아프다.

나도 이제껏 살아오며 이혼을 생각한 적이 있었어. 아이들이 일곱 살, 여섯 살 때이니 너와 비슷한 시기인 것 같아. 그때 남편은 포커에 아주 미쳐 있었지. 회사 일은 건성이고 자신의 모든 시간과 정력을 노름에 쏟아붓고 있었어. 밤을 새우고 들어오는 것은 다반사였지. 눈에 뻘건 핏발을 세우고 후줄근한 모습으로 새벽에 들어오는 모습을 생각해 봐. 남편뿐만 아니라 나까지도 폐인이 되어가는 듯했어.

작은아이가 입원을 했는데 병원에 나타나지도 않았어. 병원 계단에서 휴대폰에 대고 당신이 아빠 맞느냐며 소리 질렀지. 간호원이 아줌마 조용히 좀 하세요, 싸우려면 집에 가서 싸우든가요, 하며 눈을 흘기기까지 했어. 아이가 퇴원만 해 봐. 내가 너와 죽기 살기로 붙어볼 테니, 하는 각오로 시간을 넘겼지.

아들이 입원한 것도 사실 남편 때문이었어. 아이와 축구를 하겠다고 아들 친구가 그 아빠와 함께 학교 운동장으로 간 거야. 그는 아주 가정적인 사람이었지. 휴일에는 가족과 함께 외식하고 휴가철마다 여행을 다니는 모범적인 남편이고 아빠였어. 그 남자 좀 닮아보라고 잔소리를 좀 했거든. 일요일에 대뜸 약속을 잡더니 한덕수 패밀리 대 장덕수 패밀리의 축구시합을 하겠다나. 남편의 이름은 한덕수이고, 그 남자의 이름은 장덕수였거든. 포커에 빠진 와중에도 일요일 오전에 아들을 데리고 축구를 하러 나가더군. 승부욕이 강한 남편은 누구에게 지는 건 못 참는 성격이었어.

운동이 계속되었어. 여름이 지나 겨울까지도. 부자가 한 팀이 되어 공을 차는 것을 생각해 봐. 그들이 부딪힌 몸의 언어들이 운동장을 가득 채운다고 상상하니 전율이 일더군. 12월 초였는데도 무척 추운 겨울날이었어. 날이 춥다 보니 공이 얼었던 거야. 꽁꽁 언 공으로 맞은 아들의 대퇴부는 퍼렇다 못해 검붉었지. 단순한 멍으로만 생각하고 쉽게 낫겠거니 했는데 밤이 되자 아이의 몸이 펄펄 끓는 거야.

아침이 되어 동네 병원으로 데려갔지. 감기 같다고 의사가 말하더군. 며칠을 치료해도 열이 내리지 않았어. 당황한 의사가 큰 병원으로 가라는 거야. 병원에서 내준 앰뷸런스를 타고 종합병원으로 아이를 데리고 갔어. 아이는 자신을 위해 길을 비켜주는 차들이 신기한지 이쪽저쪽으로 옮겨 앉으며 밖을 내다보더군.

자반이란 말 들어보았니? 그래, 우리가 자반 하면 생선 자반 정도로만 생각하지. 그때 아들이 걸린 병명이 자반이었어. 지금은 웃으며 말하지만 그때는 심각했지. 자반은 피가 뭉쳐서 한 곳으로 몰리는 증상이야. 치료하면 일단 없어졌다가도 그 부위에 힘만 주면 다시 재발한다고 의사는 말했어. 한참 뛰어다녀야 할 나이에 다리에 힘을 줄 수 없다니. 앞이 캄캄해지더군. 겁에 질린 아들을 바라보며 말했어. 괜찮아. 곧 나을 거야. 병원에서 푹 쉬고 간다고 생각하자. 그 말은 병실의 흰 벽에 부딪혀 공허한 울림으로 되돌아오더군.

아들이 입원한 침상을 지키는데 남편은 끝내 나타나지 않았지. 그 빌어먹을 포커 때문이었어. 그땐 정말 외롭더군. 어느 시인의 말처럼 사람은 모두 하나의 섬을 가지고 있고 나도 시인처럼 다른 이의 섬에 가고 싶었어. 남편과 소통이 하고 싶었던 거지. 잘 본다

는 병원을 이리저리 수소문했어. 다행히 주위에는 자기 일처럼 걱
정하고 도와주는 사람들이 많더군. 옮긴 병원 처방과 아들의 체질
이 맞았나 봐. 아이는 완쾌했고, 잘 먹고 열심히 뛰어다니라는 처
방을 받았어. 너무 감사해서 남편도 용서하고 이해하리라 결심했
어. 그렇게 다시 일상으로 돌아온 거야.

아들 때문이었나. 그해는 김장이 조금 늦어졌어. 시어머니는 농
사지은 배추로 두 아들, 세 딸 것까지 모두 한꺼번에 김장을 했어.
큰며느리인 나는 하루 종일 허리가 굽어지도록 절인 배추와 씨름
을 해야 했지. 옷과 손, 얼굴까지 고춧가루로 범벅이 되어 집으로
돌아왔어. 시아버님 저녁상을 차려드리고 아이들 밥을 먹이는데
가슴속에서 화가 끓는 거야. 내가 팔려온 강아지 아니면 이게 뭐하
는 건가. 지금 사육을 당하는 거지 내 의지대로 살고 있는 건가 하
는 생각이 자꾸 들었어.

남편은 포커 판에 끼느라 자정이 되어도 들어오지 않았지. 병을
따고 소주를 꿀꺽꿀꺽 들이켰어. 반병쯤 그렇게 마셨나 봐. 쓴맛에
얼굴이 찌푸려지더군. 잠시 후 취기가 돌자 에이 씨, 죽기 아니면
까무러치기지 하는 용기가 생겼어.

코트를 걸치고 현관을 나섰지. 포커 하는 곳을 알고 있었거든.
그곳 토박이인 남편은 동네에 친구들이 많았어. 물려받은 땅 많고
일하기 싫어하는 친구 한 명이 방을 만들어 포커나 고스톱을 치곤
했지. 일명 하우스였어. 그곳으로 갔지. 벨을 누르고 문을 걸어찼
어. 똑같은 족속들이 꽤 많이 모여 있더군. 모두들 눈이 휘둥그레
졌지. 가장 크게 놀란 건 남편이었을 거야.

둥그런 테이블에 국방색 담요를 깔아놓았더군. 대학 때 서예 서클에 가입했어. 담요는 그때 책상 위에 깔고 화선지를 올려놓던 담요와 똑같았어. 먹물이 배어 검정에 가까워 보이던 낡은 담요였지. 이 담요는 꽤 다양한 용도로 쓰이는군 하는 생각이 스쳐갔어. 화선지 밑에 깔던, 먹물이 배어 있던 담요와 원탁 위에 말끔하게 깔려 있는 담요는 느낌이 많이 달랐어. 헌것과 새것의 차이를 뛰어넘는 무엇이 있었어. 그것이 무엇일까, 잠시 의문이 들더군. 하지만 그런 생각에 길게 매달려 있을 순 없었지. 많은 눈빛이 나를 주시하고 있었거든.

각양각색의 트럼프 밑에 깔려 있는 담요를 잡아당겨 치도곤을 칠까 잠시 생각했지. 하지만 그렇게 하고 나면 군데군데 먹물이 묻어 있던 서예 서클 담요의 격이 떨어질 것 같았어. 한쪽에 있던 의자를 끌어다 남편 옆에 앉았지. 꾀죄죄한 인간들이 모두 나를 쳐다보더군. 많이 보던 얼굴도 있었어. 그들을 보며 내가 당당하게 말했지. 얼마나 재미있는 건지 나도 좀 배우려고요. 남편이 에이 씨팔 하면서 밖으로 나가더군.

그리고 며칠이 지났는데 남편이 또 안 들어오는 거야. 나는 더이상 나를 제어할 수가 없더라고. 파출소에 전화를 했지. 거기, 파출소지요. 제가 직업적으로 포커 하는 하우스를 아는데요. 빨리 출동 좀 해주세요. 그곳에서 5분 거리이니 금방 오실 텐데. 몇 분 걸리실까요? 지금 전화받으시는 분 성함은 어떻게 되시죠? 이곳에서 다 보이니 지켜보겠습니다.

교양 있고 예의 바르게 말했지. 전화받는 순경의 이름까지 적어놓았어. 후에 들은 이야기지만 전화했던 여자가 너무 똑 부러져서 안 갈 수가 없었다고 파출소에서 말했다더군.

사십 분 정도 후에 전화가 왔어.

너지?

뭘?

네가 신고했지?

알면서 뭘 물어.

너 때문에 친구들까지 모두 즉결로 넘어가게 생겼어. 집에 가서 가만 안 둘 테니 두고 봐.

두고 보자는 인간 하나도 안 무섭더라.

그리고 한 시간 정도 지난 후 다시 전화가 왔지.

나 지금 집에 가는데, 너 빨리 피해라. 죽을지도 모른다.

전화를 끊고 외투를 입었어. 정말 이혼해야 할 일이라는 생각이 들면 집을 나와도 어설픈 부부싸움으로 집을 나오는 경솔한 행동은 하지 말라던 엄마의 얼굴이 떠올랐지. 아, 내 결혼생활이 여기서 끝나는구나 생각하니 눈물이 나더군. 어디로 갈까, 시누이 집으로 갈까, 하다가 서울 오빠네 집에서 시골로 내려가신 엄마 생각이 나더군. 그래, 그곳으로 가자, 하며 자동차 시동을 걸었지.

눈이 조금씩 흩날리더니 함박눈이 펄펄펄펄 쏟아지는 거야. 눈 길에 자동차를 운전하기가 무서웠지만 할 수 없었지. 맘 놓고 갈 곳이 그곳뿐인걸. 당황한 마음에 무엇을 잘못 만졌는지 히터 대신 에어컨이 나오는 거야. 그때 내가 타고 다녔던 프라이드 차는 히터 와 에어컨을 조금 다르게 작동시켰던 것 같아. 길치에 기계치인 내가 어쩌겠어. 눈이 펄펄 내리는 겨울에 에어컨을 켜고 갔어. 너무 추워 에어컨을 끄면 자욱하게 성에가 끼어 시야가 가려졌지. 남편 의 도움이 절실했지만 이혼을 결심한 마당이었어. 용감하게 길을 떠났지.

주유소가 나오더군. 휘발유를 넣으며 기름을 넣는 사람에게 물 었지. 지금 히터 대신 에어컨이 나오는데 바로잡을 수 있느냐고. 남자는 히터 부분을 한참 동안 만지작거리더니 은근슬쩍 내 가슴 을 건드리며 손을 빼더군. 불쾌했지. 잘 모르겠다고 말하는데 얼마 나 화가 나던지. 창문을 올리며 말했어. 병신새끼, 지 마누라한테 도 한번 할래? 라고 제대로 말도 못할 것 같은 주제에. 플로베르였 던가? 생각이 아름다우면 아름다울수록 문장이 갖는 소리는 맑게 울린다고 했던 사람이? 내 상황은 정반대였지. 마음이 거치니 욕 이 자연스레 튀어나오더군.

친정어머니가 계신 신답리로 가는 길은 길고 긴 여정이었어. 자 유로를 달리는데 눈발이 어찌나 휘날리던지 앞을 분간할 수 없었 지. 속력을 내지 못하고 기어가다시피 천천히 차를 운전했어. 그런 데 이상하게도 앞은 눈발에 정신이 혼미해질 지경인데 거울로 보 이는 뒤 풍경은 고요한 거야. 눈발이 전혀 날리지 않는 차분한 뒷 면과는 대조적으로 머리 풀고 달려가는 미친 여자 같은 앞면 모습 이 나를 슬프게 만들더군. 4.5m의 자동차 앞과 뒤가 저리 다른데, 살아가는 일도 마찬가지일 텐데, 남편이란 원래 남의 편인 사람인 데, 그냥 그러려니 하고 책 한 권 읽어내면 되었을 것을. 잠시 참으 면 차의 뒷면과 같은 평정이 왔을 것을. 감정을 주체 못한 나의 모습이 뉘우쳐지더라고.

차를 갓길에 세워놓고 밖으로 나갔어. 요란하게 쏟아지던 눈발은 도로 표면에 닿는 순간 녹아버리더군. 눈이 쌓여 발자국이라도 생겼으면 덜 허무했을까. 한동안 그렇게 서 있었어. 건너편으로 북한 땅이 보이고 그 앞으로 임진강이 흐르고 있었어. 검은빛의 강은 갈피를 잡을 수 없게 쏟아지는 눈발을 조용히 받아들이고 있었지. 캄캄한 어둠속에서 말이야.

그때 차 한 대가 소리 없이 오더니 내 차 뒤로 섰어. 와락 겁이 나더군. 차 문이 열리고 누군가가 내렸어. 가슴이 쿵쿵 뛰었지. 헌병이었어. 그는 내게 다가오더니 무슨 일이십니까, 하고 묻더군. 눈이 너무 많이 내려서요. 조그만 목소리로 대답했지. 젊은 헌병은 나를 위아래로 훑어보았어. 하루 종일 김장을 했으니 몸에서 젓국 냄새도 나고 꼴도 엉망이었겠지. 이곳은 일반인이 주정차하는 곳이 아닙니다. 빨리 떠나세요. 목소리가 내 눈높이보다 한참 높은 곳에서 우렁우렁 울리더군. 예, 하고 차에 올랐지.

다시 신답리로 향했어. 자유로까지만 해도 드문드문 차가 지나갔지. 문산을 지나니 차가 없는 거야. 눈발은 정신없고 세상은 먹물을 뒤집어쓴 듯 칠흑 같았어. 계속 가려니 무서웠어. 더 이상 못 가겠더라고.

자동차를 돌려 집으로 돌아왔지. 심호흡을 크게 하고 문을 열었어. 현관에 내 옷들이 모두 쌓여 있더군. 남편이 한 일이었어. 남편은 모두 가지고 나가라고 소리소리 지르더군. 돌아온 것이 후회되었지만 할 수 없었지. 이미 집 안으로 들어섰으니. 영문을 모르던 아버님과 아이들은 늦은 시간에 어디 갔다 왔냐며 좋아했어. 훗날을 위해 한 걸음 뒤로 물러서야 했지. 남편에게 미안하다고 사과했어. 당신이 황폐해져가는 모습을 보는 것이 마음 아파서 그랬다고 했어. 사랑하는 마음이 너무 지나쳤나보다고도 하고. 마음에 빗장을 하나 지르니 익숙하지 않은 말들이 술술 나오더군. 남편도 잘못이 있어서인지 조금 누그러졌어. 즉결로 넘어가는 대신 벌금을 모두 자신이 물고, 경찰에게 몰수당한 판돈까지 내놓고 왔다고 말하더군. 내가 신고한 일로 친구들에게 자존심이 상했나 봐. 앞으로 그곳에 가지 않겠다고도 했어. 벌금과 판돈의 액수를 듣고 마음속에서 다시 불길이 치솟았어. '참을 忍' 자를 수십 번도 더 새겨 넣었지.

남편은 며칠 동안 그곳에 가지 않더군. 포커에 손을 떼게 하려면 새로운 것이 필요했어. 퇴근 시간에 맞추어 컴퓨터 학원을 등록했지. 남편과 나는 아이들과 나란히 앉아 컴퓨터를 배웠어. 빨리 이해한 남편은 나와 아이들에게 설명을 해주곤 했어. 하지만 다시 그곳을 들락거리는 남편과 한동안 무던히도 싸워야 했어. 길고도 지루했던 전쟁이었지.

그동안 남편과 함께 살면서 내린 결론은 남편의 말에는 무조건 동의를 해야 집안이 조용하다는 거였어. 아이들이 어릴 때에는 아니다 싶으면 끊임없이 부딪치며 충돌했지. 도대체 문제가 무엇일까. 고민하며 점집을 찾아간 적이 있었어. 사주를 음양오행으로 풀어서 설명을 해주는 집이었지.

점사는 남편의 사주에는 불 화(火)자가 세 개가 들었고, 내게는 두 개가 들어 있다고 했어. 세 개가 들어 있는 사람은 다혈질이어서 이혼하는 경우가 많다고도 했지. 그 말을 듣자 마음이 한결 가벼워지더군. 내가 남편보다 덜 문제적 인간이라는 우월감이 생겼다고나 할까. 이후로 남편과 부딪치지 않고 조용히 하고 싶은 일을 하며 살아가는 방법을 택했어. 서로 의견이 다르면 내 주장을 줄였지. 당신 말이 맞아요, 하면 신기하게도 마음이 너그러워지면서 스스럼없이 양보하는 여유도 생기더군.

너는 네 남편에게 네 자신의 힘으로 그를 쉬게 해주고 싶었다고 했지. 하지만 너의 노력에도 불구하고 네 남편은 늘 지쳐 보였다고 했어. 그리고 얼마 지나지 않아 한 가지 사실을 깨달았다고도 했어. 네가 간절히 쉬게 해주고 싶었던 사람은 네 남편이 아니라 너 자신이었는지도 모른다는 것을. 열아홉 살에 집을 떠난 뒤 누구의 힘도 빌리지 않고 서울 생활을 헤치고 나온 자신의 뒷모습을, 지친 남편을 통해 그저 비춰보았던 것은 아닐까, 하고 말했지.

그래. 우리는 상대를 통해 자신을 발견하곤 해. 나를 본다는 것은 상대를 본다는 것과 같겠지. 남편은 아내를 바라보고 아내는 남편을 바라보며 세월의 흐름을 눈치채지. 젊고 싱싱했던 피부에 미세한 잔주름이 잡힐 무렵이면 원하는 것과 포기해야 할 것이 자연스레 정리되는 것 같아. 굵은 주름이 이마를 가로지르고 기미와 검버섯도 얼룩얼룩 생기는 변화는 오히려 담담하게 받아들일 수도 있겠지. 나이가 들어갈수록 서로에게 치유될 수 없는 상처는 빗겨가는 사랑인 것 같아. 나를 보고 있지만 나에게 초점이 맞추어져 있지 않은 상태가 우리를 가슴 아프게 하지.

네 남편이 보고 있었던 것은 비디오 속의 나비 떼들이었을까? 나비 떼들이 날아다니는 꽃향기 가득한 넓은 들판이었을까? 네 동생 영혜의 엉덩이에 남아 있는 작고 푸릇한 몽고반점이었을까? 작은 점에서 시작하여 세상으로, 허공으로 뻗어가는 식물의 원초적인 힘이었을까?

네 말처럼 우리의 현실은 모두 꿈인지도 몰라. 전부인 것 같아도, 깨고 나면 그게 전부가 아닌 그런 꿈…….

비움과 채움의 바리에이션(variation)

— 구자인혜의 산문집 『낯선 것에 능숙해지기』를 읽고

문광영

(문학평론가/경인교육대학교 교수)

낯선 것에 능숙해지기

비움과 채움의 바리에이션(variation)
— 구자인혜의 산문집 『낯선 것에 능숙해지기』를 읽고

문광영

(문학평론가/경인교육대학교 교수)

늦가을이다. 모든 나무가 찬 서리에 낙엽을 떨구고 있을 때, 코발트빛 하늘 복판에 붉게 익은 감을 본다. 이를 놓고 윤오영은 "감은 아름답다. 이것이 문장이고, 수필은 곶감이다."라고 설파했다. 그의 말대로 푸르고 떫은 열매는 풋감이 아니다. 늦은 가을 풍상(風霜)을 겪어가야 비로소 단맛이 들고, 붉게 농익은 감이 되어간다. 그런 감은 보기도 좋고 맛도 좋다. 또 껍질을 벗겨 시득시득 말리면서 손질을 하면 곶감이 되어간다. 그러면 당분이 겉으로 나타나 하얀 시설(柿雪)이 앉는다.

수필이 바로 곶감이라는 비유에서 구자인혜의 농밀한 작품이 연상된다. "20대에 시를 쓰고, 30대에는 소설을 쓰고, 40대 이후에는 수필을 써야 한다."라고 월탄 박종화는 말한 바 있지만, 오히려 구자인혜는 거꾸로 올라간다. 수필에서 소설로 옮겨가기 시작했으며, 아마도 이다음에는 시를 써나갈 것이다.

대략 15년 전쯤으로 기억된다. 습작을 열심히 하고 있던 그녀가 어느 날, 동숭동 대학로에서 있었던 전국 마로니에 여성백일장에 참가했던 모양이다. 그녀는 대회에 다녀오고 나서 나에게 이런 말을 했다. "한복 입은 여성 심사위원들이 참 보기에 좋았어요. 제 꿈은요, 노년에 열심히 수필 공부를 하여 그 자리에 서고 싶은 거예요." 아마도 그곳 주최 측 여성 심사위원들이 한복을 입고 나와 행사를 주관했던 모양인데, 당시 그녀의 꿈 많았던 습작 시절의 포효가 아직도 귀에 생생하다.

이후 그녀는 〈한국수필〉에서 「주말부부」, 「블록 쌓기」로 등단했고, 굴포문학회 회장과 맥심문학회 회장을 역임하였으며, 동서커피문학상에서 소설 부문 금상을 차지한 바 있다. 이후 그녀는 수필 쓰기와 병행하면서 한 달에 한 번씩 만나는 소설 창작 모임에 나가면서 글쓰기에 전념하고 있다.

이런 그녀가 처녀 수필집 『낯선 것에 능숙해지기』를 상재한다는 소식이 들려왔다. 너무 대견하고 기쁘다. 마로니에 백일장 심사위원이 되고 싶다던 그녀의 꿈이 이루어지는 한 과정은 아닐까.

1. 불심(佛心)적 설리(說理)의 미학

마지막 천 배를 하는 날이었다. 소원 성취를 위해 기도를 시작했으나 내가 원했던 만큼의 커다란 이룸이 성취되지 않아도 실망하지 않을 것 같았다. 세워놓았던 서원이 눈에 띄는 모습으로 빠르고 분명하게 이루어지지 않아도 괜찮을 것 같았다. 내가 운영할 만큼, 내가 감사할 만큼, 내 분수만큼 이루어지는 것이 삶의 이치였다. 그동안 간절히 불렀던 부처님들은 한 줄기 빛으로, 바람으로, 먼지로, 내 주위를 떠다니고 계셨다. 나는 그분들의 모습을 작은 들꽃으로, 쪼그리고 앉아 나물을 파는 초라한 할머니 모습으로, 거리에 쓸모없이 버려진 빗자루로 보게 되었다.

– 「만 배 기도」 중에서

위의 글은 고 3인 아들의 입시를 앞두고 절에 가서 만 배의 기도를 올리면서 쓴 작품이다. 얼마나 힘이 들었을까. 일천 배라면 몰라도 일만 배씩이나, 무릎도 아프고 꾀도 났을 것이다. 한데, 만 배의 기도를 하고 나서 무엇인가 이룸직했을 텐데, 오히려 부처님의 마음을 읽는다. 세속적이고 인간적인 욕망으로부터의 해탈이다.

위에서 보듯 그녀는 부처님들의 모습을 본다. "작은 들꽃으로, 쪼그리고 앉아 나물을 파는 초라한 할머니 모습으로, 거리에 쓸모없이 버려진 빗자루로" 변해 있는 것을 깨닫는다. 번뇌를 벗어난 하나의 득도의 경지로 개유불성(皆有佛性), 곧 '일체중생 개유불성'

에 다다른 것이다.

불가의 수행에서 간화선(看話禪)이라는 수행법이 있다. 생명이 있는 모든 중생에게는 깨달을 수 있는 불성이 있으니 시시때때로 잊지 말고 걸어가면서, 밥을 먹으면서, 차를 마시면서 늘 부처님의 화두를 되새기는 일이다.

내가 보기에 그녀는 불심이 지극하다. 그가 불교를 가지게 된 것은 어렸을 때 할머니께서 아침저녁으로 천수경과 지장경 등을 염불하시고, 식구들 모두가 할머니 신앙을 따른 데서 비롯되었다고 한다.

그렇게 자연스럽게 불교 신앙을 갖게 된 불심 그윽한 구자인혜. 그래서였을까, 문학 기행 때 절에 가기만 하면 그녀는 대웅전에서 합장을 하고, 시주하고, 절간 한편에 봉안된 사리탑을 지날 때에는 주문을 왼다. 그러니 그의 작품 속에는 불심이 깔려 있을 수밖에 없다. 가령 작품에 드러나는 비움의 철학이나 인연의 논리, 베풂의 인생관이나 때 묻지 않은 동심적 사고의 순수함, 천진성(天眞性)도 바로 불심에서 나오는 것이다.

그녀가 천진불(天眞佛)이라는 것을 알고 있는 걸까? 천진불은 선과 악, 옳고 그름, 아름다움과 추함, 사랑과 미움 등 수많은 분별 이전의 마음자리를 의미한다. 천진한 마음으로 세상과 마주한다는 것은 곧 번뇌를 훌훌 털어낸 선지식의 안목과 크게 다르지 않은 것이다.

세상일이 그냥 오는 것이 아니라 그것이 일어나기 위해서 주변이 먼저 움직이고 변했기 때문이라는 말도 생각났다. 그곳에 간 것도 보이지 않는 인연들이 서로 맞물려 관계를 맺고 풀어지기를 거듭한 까닭이리라.

– 「겹담」 중에서

불가에서 옷깃을 한 번 스치는 것도 전생에서 삼천 번 만났던 인연이라 했다. 그런데 생면부지 노인에게 8년에 걸쳐 두 번 식사 대접을 했으니, 우연일 수도 있겠으나 무심히 흘려보내기에는 예사롭지 않은 인연이었다. 전생에 그 노인께 갚아야 할 빚이 남아 있지 않았나 생각되었다. 혹은 다음 생에서 좋은 이웃으로 만날 인연을 미리 지어놓으려 한 것일지도……. 그런 생각이 드니 그날그날 반복된 평범한 일상에서 만나는 모든 것도 서로 인연을 맺고 푸는 과정이라는 생각이 들었다.

– 「우연한 초대」 중에서

그녀의 작품에는 '인연'의 세계가 종종 나타난다. 그리고 인연을 아주 소중하게 여긴다. 위의 「우연한 식사」에서 보는 것처럼 불가에서는 옷깃 한 번 스치는 것도 전생에서 삼천 번 만났던 인연이라 했듯이, 생면부지의 리어카 노인을 만나 8년에 걸쳐 두 번을 식사 대접한 것을 예사롭지 않은 인연으로 보고 있다.

인연은 불가의 핵심사상이다. 불교식으로 '인(因)'은 씨앗이고,

서평 215

'연(緣)'은 환경이자 조건에 해당한다. 어떠한 사건, 만남이 일어날 때에 거기에는 무수한 인연이 있었다고 보는 것이 아닌가. 인생살이 그 자체가 모두 인연으로 맺어져 있다는 연기설(緣起說)을 바탕으로 그의 수필관은 이루어진다.

사람은 살아가며 다섯 가지 과정을 거친다고 했다. 첫 번째는 먹는 것을 탐닉하며 살아가는 일이다. 이것이 해결되면 두 번째로 재산을 불리는 데 힘을 쏟는다. 그 과정이 지나면 여행이나 레저를 즐기며 살아가는 즐거움을 찾는다. 다음 네 번째로 명예에 대한 욕구로 주위에서 대접받을 수 있은 지위를 원하는 과정을 거치는 것이고, 마지막으로 타인에게 봉사를 하는 과정이다. 그 과정은 쉽지 않다. 여유가 있고 세상을 보는 안목이 높은 사람만이 가질 수 있다. 나눔과 베풂의 단계는 자신을 희생해야 하는 일이기 때문이리라.

– 「비우는 기쁨」 중에서

「비우는 기쁨」을 읽으니, 법정 스님의 『무소유』가 떠오른다. 탐욕을 버리고 물질세계로부터 벗어날 때, 정신은 무한히 자유로워질 수 있는 것, 아니 기쁨을 얻을 수 있는 것이다.

삶의 다섯 가지 과정이라는 것도 불가에서 보면 속세의 논리다. 바로 매슬로(Abraham H. Maslow, 1908~1970)가 말한 욕구이론의 단계에 해당될 것이다. 그런데 그 상위욕구인 극단에 "나눔과 베품"이 있는 것. 그게 어디 쉬운 일인가. 그래도 "채움보다 비우는 기쁨"을 알게 된 그녀가 부럽다. 그리고 그 길이 "냉장고 속"에 있고, "언제든 열어보면 된다"고 하였는데, 재치가 있고 공감이 가는 표현이어서 실감이 난다. 왜냐하면 그녀가 체험 속에서 냉장고를 비워두는 기쁨을 맛보았기 때문이리라. 또 그런 생각은 냉장고 실내의 정심처럼 늘 싱싱하게 살아 있기 때문이기도 하다.

여기에서 자신을 비우는 것도 기쁨일 테지만, 베푸는 기쁨도 또한 상당하다는 것도 체험을 한 자만이 안다. 점점 비움과 베풂이 사라지고, 가진 자가 더 가지려 하고 군림하는 우리 사회, 사기와 협박과 강도와 살인이 난무하는 요즈음의 우리 세태를 되돌아보게 한다.

수필은 한마디로 현실 자체를 바탕으로 자신의 정신적 고뇌가 점철된 삶의 이야기다. 곧 자신을 표현하는 것을 본질로 하기에 고백적 특성을 지니고, 자기 형성(self configuration)의 전면성과 총체성을 지향할 수밖에 없다. 곧 자기형상화로서 자기 모습을 그려보는 일, 그 작업은 시간적으로 절리(切離)된 생애의 과거와 미래를 이어줌으로써 삶의 정체성을 형성하는 데 기여한다.

그것은 달리 인간의 열린 가능성을 발굴하는 일이기도 하다. 그 열린 가능성은 비유컨대 백지에 물들이기와 같은 것. 그녀의 수필 문학은 바로 불심적 설리에 있다는 것, 불심적 설리로 인생의 백지를 물들여간다는 데 그녀의 수필 미학이 존재한다.

2. 자아성찰과 욕망의지의 문정(文情)

그녀는 삶의 욕구가 강한 사람이다. 하지만 외유내강이라고, 밖으로는 한없이 부드럽고 따뜻하다. 안분지족의 삶이라 했던가. 악기로 보면 고음을 받쳐주는 첼로에 해당하고, 성악으로 치면 알토 파트처럼 하모니로 받쳐주는 조용한 성품을 지니고 있다.

수필이 다른 장르와 달리 매력이 있는 것은 자신의 사실 체험을 바탕으로 소재를 삼고 여기에 작가 본연의 속마음까지 보여주는 자기반성, 자아성찰의 힘에 있다고 할 것이다. 어쩌면 인생은 죽을 때까지 참회와 반성을 하면서 살아가는 존재가 아닌가. 곧 수필가로서 글을 쓴다는 행위는 자신의 삶을 뒤돌아보면서 반성하고 자기 수양을 쌓는 구도자의 길인 것이다.

살아오면서 강하지 못한 나 자신을 느낄 때가 많다. 그럴 때마다 자신의 주장을 확실하게 말하고 관철하는 친구가 부러웠다. 친구는 내가 술에 물 탄 듯, 물에 술 탄 듯 맹탕이라고 했다. 그런 성격 탓일까, 사통팔달로 뻗어나간 길들이 이쪽도 좋고 저쪽도 좋았다. 친구는 이러지도 저러지도 못하는 내게 가장 중요한 일에 올인하라 했지만 내게는 여러 갈래의 길들이 모두 귀하게 여겨진다. 언제까지나 이 길들의 가운데에서 모든 것에 관여하고 싶다. 내게서 시작된 길들이 시원스레 사방으로 뻗어나가고, 그 중심에 내가 서 있는 모습은 수십 번을 생각해도 질리지 않는다.

–「사통팔달」 중에서

살아가면서 내게 주어진 길이 곧 나의 길이거니 하며 옆길에 눈을 주려 하지 않았다. 어떤 사람은 향기 가득한 꽃길을 유유자적 걷고 있었지만 나는 그 길을 부러워하지도 않았다. 또 포장된 곧은길을 단정한 걸음으로 가는 사람도 있었지만, 또한 굽 높은 구두를 신고 자갈밭을 힘겹게 가는 사람도 눈에 띄었지만, 그것은 그들의 길이고 나의 길은 따로 있다고 생각했다.

–「외도(外島) 가는 길」 중에서

사람은 누구나 살아가면서 문득 자기정체성을 찾고자 하는 때가 있다. 내가 누구인지, 내가 어떤 사람인지, 내가 해놓은 일은 무엇인지, 내가 어디로 가고 있는 것인지, 과연 나는 어떤 사람이고, 어떤 사람이 되고 싶은 것인지 등. 이런 자존에 대한 물음과 함께 중년이 되면 가족으로부터 왕따도 당한다. 머리가 큰 아이들은 점점 말을 듣지 않고 제 갈 길을 가고, 남편도 이맘때가 되면 사랑도 식어가고, 바깥일로 그저 바쁘기만 하다. 그저 엄마가 하는 일이란 매일 똑같은 일의 반복만이 있을 뿐, 자아성취감도 없어진다. 그런 지루한 일상은 계속된다.

이러한 중년의 일상 속에서 구자인혜의 삶은 어떤 것인가? 그는 늘 자신을 반성하고, 성찰하고, 긍정적인 인생철학으로 늘 자신의 변화를 추구한다. "곧은길을 단정한 걸음으로 가는 사람도 있었지만, 또한 굽 높은 구두를 신고 자갈밭을 힘겹게 가는 사람도 눈에 띄었지만, 그것은 그들의 길이고 나의 길은 따로 있다"고 생각하는 그녀만의 생활 철학이 있다는 것이다.

그동안 나는 무엇이든 채우려고만 애를 썼다. 저금통장의 액수, 가족에 대한 기대, 이루지 못한 것에 대한 욕망……. 그런데 그런 것들도 비울 때 더 큰 기쁨이 온다는 것을 알게 되었으니 커다란 소득이었다. 저금통장의 액수가 행복의 척도는 아니었다. 아이들도 자신들이 느끼는 소중한 가치를 노력하여 얻는 것이지 손에 쥐어줄 수는 없다. 추구하는 희망도 무리하게 목적만을 향해 달려가는 것은 아닌지 스스로에게 물었다.

― 「비우는 기쁨」 중에서

자신의 내면을 털어놓는 것은 결국 상대방의 응답을 요구하는 요청 행위와 다름이 없다. 바로 수필의 힘은 인간적 욕망의 사유를 반성하고, 미래에 대한 지향점을 촉발하는 행위가 아닌가.

인간의 본성에서 욕망이 차지하는 비중을 높게 보고 있는 학자는 매슬로나 라캉이다. 그들의 공통된 이론은 인간은 무엇에도 만족할 수 없는 욕구를 갖고 있으며, 만족하지 못한 욕구를 채우는 것을 목표로 한다는 것, 매슬로에 의하면 생리적 욕구와 안전욕구 등이 채워지면 상위욕구로서 자아실현의 욕구를 향해 나아간다는 것. 이 자아실현의 욕구는 곧 삶의 동기부여가 된다는 것이다. 아마도 「비우는 기쁨」에서 말하는 그녀의 삶의 목표란 아마도 자아실현을 위한 노력이 아닌가 싶다.

자크 라캉(Jacques Lacan, 1901~1981)은 욕망을 삶의 원동력으로 본다. 인간을 욕망의 화신으로 보는 그는 돈, 권력, 여자, 명예 등 인간은 죽을 때까지 욕망을 따라 변신해나간다는 것이다. 혹여 그녀의 욕망이라는 것도 어찌 보면 욕망을 기표(signifiant)로 해석해가는 하나의 과정일는지도 모른다.

사람들에게는 저마다 독특한 향기가 있다. 남을 위해 사는 삶에서 풍기는 고상한 인품의 향기일 수도 있고, 자신의 삶을 충실히 살아갈 때 느껴지는 건강한 생활의 향기일 수도 있다. 나는 어떤 향기를 지니고 있을까? 만날수록 감칠맛 나고 청초하면서도 아련한 라일락 향기를 지니고 싶다면 너무 큰 욕심일까?

－「라일락 향기」 중에서

그녀는 자아를 성찰하면서 한편으로는 누구보다도 삶에 대한 욕구가 강하다. 그녀가 위에서 말하는 "만날수록 감칠맛 나고 청초하면서도 아련한 라일락 향기"가 나는 여인이란 어떤 성품의 인간일까? 적어도 작가로서 인문학적 교양도 있고, 지혜를 겸비한, 그리고 자애와 베풂을 미덕으로 삼는 불심을 실천하는 사람, 집 안에서는 남편과 아이들로부터 사랑받는 현모양처로, 그런 고상한 이상적 인물이 되길 소원하고 있을 것이다.

그렇다고 남의 눈에 튀는 그런 심성은 아닐 듯, 그저 조신하고 은은한 알토의 음성과 같은, 혹은 사람 앞에서 자신의 존재를 드러내지 않는 첼로와 같은 그런 성품을 원할 것이다. 그러면서도 현재에 안주하려 하지 않는다. 전형적인 외유내강의 성격은 결국 일상 탈출로도 나타난다.

언제부턴가 반복되는 일상에서 문득 정신을 차릴 때마다 젊은 시절의 꿈과 기대가 어디론가 흔적도 없이 사라져버리는 듯해서 아쉽고 허전하다. 불혹을 바라보는 서른일곱의 나이가 되어 적당히 타성과 게으름에 익숙해져 있는 내가 싫다. 옆에는 시아버님, 남편, 초등학교 3학년인 딸, 2학년인 아들. 모두 내 손길을 기다리고 있다. 가족에 대한 책임과 의무가 느껴지지만 숨이 막힌다. 작은 변화나 활력소라도 찾으려 주위를 살펴본다. 다행히 조금만 부지런하면 할 수 있는 일이 눈에 들어온다. 이제는 여성이 직업을 갖는 것도 괜찮지 않은가.

우선 남편과 의논했다. 남편은 아버님과 아이들을 잘 돌보는 것이 돈 버는 일이라며 쓸데없는 짓 말라고 한마디로 내 말을 자른다. 일리는 있지만 몇 날 며칠을 고민하고 상의했는데 여성의 자리는 가정이라고 단정적으로 말하는 남편에게 반발심이 생긴다. 정말 그럴까, 여자의 삶은 정해진 자리에서 샘솟듯 사랑만을 퍼주는 것일까. 남편에게만 의존하지 말고 스스로 삶을

가꾸고 투자해야 되는 것이 아닐까. 여러 가지 생각으로 마음이
어지럽다.

– 「바람 소리」 중에서

집에서 빨래하고, 청소하고, 몇 십 년을 세끼 밥을 하고 사는 게
주부의 일생이다. 어쩌다 한 번씩 해보면 재미가 있겠지만, 불혹의
나이에 접근하다 보면 지루하고 재미있는 일은 점점 소멸해간다.
이것이 지속될 때 침울해지고, 우울증에 걸리기 십상이다. 그래서
결국 그녀가 찾은 일이 문화재 해설사와, 남편 회사에서 가끔 경리
를 봐주는 일이었다.

이런 옹골진 일상 탈출의 시도는 글쓰는 일에서도 강한 성취욕
을 보여준다.

하지만 뒤로 물러서기에는 너무 늦다. 싸움에 이기려면 배수의
진을 쳐야 한다지만 나는 배수의 진도 없는 막다른 지점에 와 있
다. 삶이란 피하고 싶다고 피해지는 것이 아니다. 끊임없이 다가
오는 사나운 파도와 맞짱을 뜨고 있는 검은 바위처럼, 주인이 돌
아오기를 기다리고 있는 빨간 지붕의 빈집처럼. 그들의 외로움과
기다림, 견딤, 고독한 승부를 함께 나누고 싶다. 아니, 그것은 내
것이다. 이 공간에 발을 디딘 순간부터 바위와 빈집과 나는 이미
한팀이 되어 있다.

– 「맞짱 뜨기」 중에서

위 글은 최근 제주도 마라도의 창작실에서 나약한 자신의 의지를 다스린 글이다. 한 달여 동안 독방에 지내면서 글을 쓴다는 것이 그리 쉽지는 않을 것이다. 무엇보다 좋은 작품을 순산해야 하는 고심도 뒤따랐을 것이며, 일산에 두고 온 남편이며 아이들의 일상도 걱정이 되었을 것이다. 하지만 출발할 때 남편의 만류도 뿌리치고 온 독한 년(?)이 되기 위해 그는 이렇게 다짐하고 또 다짐한다. "끊임없이 다가오는 사나운 파도와 맞짱을 뜨고 있는 검은 바위처럼, 주인이 돌아오기를 기다리고 있는 빨간 지붕의 빈집처럼. 그들의 외로움과 기다림, 견딤, 고독한 승부를 함께 나누고 싶다"고.

흔히 글을 쓴다는 것은 뼈를 깎고 피를 말리는 고통스런 작업이라고 한다. 그만큼 고뇌하며 끊임없는 탐구정신과 작가의식을 가지고 치열하게 써야 한다. 잡문이 아닌 문학작품으로 승화시킨 수필을 쓰려면 예리한 관찰력과 다양한 시각으로 사물을 바라보고 나만의 독특한 목소리를 내면서 생명이 있는 글을 써야 할 것이다. 아마 그녀는 마라도에서 그런 각오를 하며 창작을 시도했을 것이다.

3. 자전적 삶의 궤적(軌跡)

구자인혜의 수필을 읽다 보면 그녀의 모든 것이 드러난다. 그녀의 부모와 가족사 이야기, 어렸을 적 삶의 성장사며, 아이들에 대한 사랑, 가정사의 에피소드, 자신의 성정과 성품과 성정 등 모든 것이 그려져 있다.

　학교 담장에 이른 개나리가 피어 있었다. 엄마는 "경옥아, 개나리 좀 봐. 활짝 웃는 것이 꼭 우리 경옥이를 닮았네." 하면서 내 기분을 한껏 북돋아주었다. 사실 꿈에 부풀었던 것은 엄마였는지도 모르겠다. 내가 학교를 다니고 손이 덜 가면 엄마의 시간이 많아질 테니까. 아무튼 학교 담장에 피어 있는 노란 꽃 색깔에 현혹된 날부터, 한 살이 많은 아이들 틈에서 내 힘겨운 세상 따라가기가 시작되었다.

　개나리가 지천으로 피어 있던 날, 나는 힘겹게 세 가지를 꺾어 집으로 가져갔다. 개나리를 보며 웃음 짓던 엄마를 위해서였다. 하지만 내 손에 쥐어진 개나리를 보고 엄마는 그다지 달가워하지 않았다. "다음부터 꽃은 꺾지 마라." 하는 말만 들었을 뿐이었다. 마음을 몰라준 엄마가 섭섭했지만 나를 더 서운하게 한 것은 그 개나리 가지의 용도였다.

－「그해 여름」 중에서

　여름밤이면 대청마루에 앉아 삶은 옥수수를 먹으며 집안 내력을 듣곤 했다. 몇 대에 걸친 이야기들을 듣다 보면 풀벌레들도 한몫 거드는 듯 밤새 울음을 그치지 않았다. 밤하늘 가득 떠 있던 별들은 어찌나 촘촘한지 긴 장대로 건드리면 후드득 쏟아질 듯했다. 낮에는 또래의 아이들과 강에서 송사리를 쫓거나 고동을 잡았다. 강 한쪽에 떠 있는 나룻배는 우리의 성(城)이었다. 나룻배에 올라가 강물을 내려다보는 일은 강물 속에서 수영을 하는 것과는 또 다른 쏠쏠한 재미가 있었다. 송사리 떼가 훤히 보이는 강물은 작은 여울을 만들며 흘러갔다. 나룻배에서 코를 잡고 그 강물에 풍덩 뛰어드는 놀이도 우리를 마냥 즐겁게 했다. 놀다 보면 한낮의 해는 어느새 서쪽 하늘로 뉘엿뉘엿 지고, 그럴 때면 이유 없는 쓸쓸함과 허전함으로 집으로 뛰어가곤 했다.

– 「신답리 가는 길」 중에서

위 글 「그해 여름」에 드러나는 '경옥'은 그녀의 예전 이름이다. 아마도 초등학교 입학식이 있던 날의 회억 같은데, 당시 예쁘고 귀여웠던 개나리꽃의 서정이 잘 그려지고 있다. 그런데 공교롭게도 개나리 나뭇가지는 어머니가 회초리로 애용하였던 것, 회초리에 얽혀 있던 추억을 감칠맛 나게 회상시키고 있다.

당시 아버지는 공무원이었고 어머니는 군수품을 떼어다 팔거나 계주 일을 하였는데, 어릴 적 소녀의 눈으로 본 가정사의 에피소드가 이모저모 드러나고 있다.

그리고 「신답리 가는 길」은 그의 성장기 시절을 보낸 고향 회억의 수필이다. 여기에는 할머니에 대한 추억과 오빠와 함께 지내면서 있었던 시골의 서정이 정겹게 그려지고 있다.

그리고 여기에 소개하지는 않았지만 「세 여자」는 그녀가 20대 처녀 시절 무역회사에 다닐 때 올케언니, 외사촌 언니와 함께 살아가면서 있었던 궁핍한 시대의 자화상을 수채화처럼 그려내고 있다.

태어난 고향에 대한 회억, 어린 시절을 보낸 성장지에서의 에피소드나 부모 생각은 향수 본능의 하나이다. 연어의 회귀처럼 대다수의 사람은 향수 본능으로 고향을 찾아 자존감을 획득하고 자아 정체성을 회복한다. 특히 객지에서 나이가 들거나, 삶의 고통과 즐거움이 커질수록 고향에 대한 향수는 간절해지고 마음 깊은 곳에서 포근한 정을 찾게 된다.

그의 자전적 삶의 궤적을 드러내는 수필 가운데는 결혼 후 가정사를 다룬 작품도 많다. 다음의 「짝짝이 양말」에는 시아버님을 존경하는 마음씨가 도처에 녹아 있고, 「술」에는 딸로부터 일침을 맞은 일화가 재미있게 그려지고 있다.

아버님이 돌아가신 후에도 산은 봄이면 달콤한 아카시아 향기로 가득 찼고, 여름이면 짙푸르고 우람한 그늘로 더위에 지친 이들의 휴식처가 되었다. 가을이면 고운 색 옷으로 갈아입고 축제를 벌이듯 흥겨웠고, 곧이어 온통 흰 눈으로 덮였다. 세상의 모든 것을 담담히 포용하는 모습이었다.

오랜만에 아버님과 함께 오르던 산을 아이들과 함께 걸었다. 벌어진 아람들이 바람이 불자 이곳저곳에서 후두둑 떨어졌다. 아버님이 가르쳐주셨던 일본 밤나무 아람이었다. 아기 주먹만 한 밤알들이 반짝반짝 윤이 났다. 자손들에게 남겨진 유산의 의미가 새삼 느껴졌다. 나는 허리를 굽혀 아람을 주우며 아버님께 나직이 인사를 여쭈었다.

–「짝짝이 양말」 중에서

시계를 보니 새벽 4시였다. 부랴부랴 집이 같은 방향인 일행과 택시를 잡아탔다. 남편의 화난 얼굴이 떠오르며 가슴이 쿵쿵 뛰었다. 시간이 어찌 그리 빨리 지나갔을까. 급류의 물살처럼 쏜살같이 지나간 시간이었다.

집에 도착하여 고개를 숙이고 살그머니 현관문을 열었다.

"다녀오셨습니까. 무사히 귀가해주셔서 감사합니다."

조심스레 들어선 내게 남편과 딸이 머리를 숙이며 공손히 인사를 했다. 부끄럽기도 하고, 야단치지 않고 맞아준 가족들이 고마웠다. 긴장이 풀리며 조마조마하던 가슴이 편안해졌다. 한시름 놓고 옷을 벗으려는 나를 도와주려는 듯 딸이 다가왔다. 내가 인심을 잃지 않았구나. 그동안 잘 살았나 보다. 내심 흡족한 마음으로 딸을 보았다. 쌍꺼풀진 동그랗고 총명한 눈과 마주쳤다.

"어머니, 어머니가 이러시면 딸인 제가 무엇을 배우겠어요?"

순간 서서히 펴지던 가슴의 주름이 다시 쭈그러지며 그 위에 무거운 돌까지 얹힌 듯했다.

–「술」 중에서

그녀의 시아버님은 1·4후퇴 때 황해도 연안에서 피난을 나오신 분이다. 그리고 인천 계양산 중턱에 터전을 일구어 농토를 장만하고, 목장을 경영하며 산까지 유산을 남길 정도로 억척 인생을 살다 가신 분이다. 그러니 매사 근검절약이 몸에 배셨던 모양인데, 그녀가 그 집안으로 인사를 갔을 때 바로 짝짝이 양말을 신고 있었던 것. 그런 회억과 며느리 사랑이 따뜻한 정감과 함께 솔직하게 묘사되고 있다.

그리고 「술」이라는 작품은 무척 재미있다. 그녀는 술을 즐긴다. 많은 양을 마셔대는 타입은 아니고, 그저 분위기를 즐길 뿐이다. 위 글에서 보듯 어느 날 새벽 4시까지 마시고 조마조마 귀가했을 때, 딸로부터의 일침은 얼굴을 화끈 달아오르게 하고 있다.

이밖에도 「사통팔달」이나 「패러디」, 「부산 나들이」, 「창경궁 조참의(趙參議)」, 「왕의 길을 걷다」, 「매혹의 미소」, 「카페 '버드골'」, 「달빛 속의 병산서원(屛山書院)」, 「외도(外島) 가는 길」 등은 하나의 기행수필에 해당하는데, 여기에도 어릴 적 자신의 고향과 대비시켜 추억을 들춰내거나, 그녀의 긍정적인 역사의식과 더불어 그곳 풍경에서 얻은 정감을 내면화해서 그려내고 있다.

수필 속에서 그녀는 늘 정직하고, 진솔하다. 그리고 발랄한 삶의 의지와 남을 배려하는 성품을 발견한다. 이런 수필을 쓰기 위해서는 작가의 절대적이고 솔직한 용기가 필요할 것이다. 바로 이러한 속박과 제약, 인간적인 치부와 고뇌를 송두리째 뽑아내는 고백이 있을 때 독자는 작가의 속내를 들춰보는 재미가 있고, 공감과 감동의 묘미를 얻게 된다.

4. 교감적 묘사와 통찰의 수필 미학

그의 수필을 읽어가다 보면 사물이나 자연물에 대한 묘사가 탁월함을 발견한다. 그리고 그 묘사에는 시각과 청각이 두드러지고 의인적 표현이 주조를 이룬다.

이런 묘사에는 그의 감성적이고 교감적인 묘사와 더불어 의미 부여의 통찰의식이 짙게 드러난다. 곧 묘사와 진술이 어울려지면서 의미 부여의 통찰의식을 도처에서 볼 수 있다는 점이다.

우선 탁월한 묘사로 이루어지는 그의 수필 한 편을 보기로 하자. 이 수필은 그가 마라도 창작실에 가 있을 때 태풍 '무이파'를 만나 밀려오는 파도의 풍경을 실감나게 묘사한 부분이다.

파도는 두 팔을 번쩍 치켜들고 마라도를 접수하려 했다. 9미터가 넘는 파도는 이미 감상에 젖어 보았던 에메랄드 빛 바다가 아니었다. 한순간에 무너지는 히말라야 산맥의 거대한 설원이었고, 갈기 세워 달려오는 적토마들의 격랑에 찬 울음이었다. 웅장하고 장엄했다. 만조였기에 태풍은 더 가까이 다가왔고 은밀한 내면을 속속들이 내보였다. 세상을 상대하거나 자연을 벗하려면 적어도 이 정도 담력은 필요하다는 듯, 무이파는 잘 벼린 칼을 휘두르는 장수의 모습을 보여주었다.

– 「서양자두꽃」 중에서

「서양자두꽃」의 중반부에 있는 글이다. 의인적 묘사로 이루어지는 이 부분은 밀려오는 파도가 생동감과 함께 장엄하게 다가온다. 그는 파도를 "히말라야 산맥의 거대한 설원", "갈기 세워 달려오는 적토마들의 격랑에 찬 울음"으로 시각·청각적 묘사를 통해 실감나게 그려낸다. 그리고 부분적으로는 파도의 포말을 "잘 벼린 칼을 휘두르는 장수의 모습"으로, 장수의 칼로 비유하여 세심하게 묘사한다.

그녀의 교감적 묘사는 의미 부여의 통찰의식으로 빛을 더한다. 의미 부여는 하나의 자연 친화적 사고에서 비롯되는 사물과의 교감 의식이다. 투사나 동화가 되든 간에 교감은 주체와 세계가 만나는 상상의 공간, 여기에 상상을 불어넣는 힘이 바로 작가의 문학성이 아닌가.

뾰족한 봉우리들 위로 휘영청 뜬 달은, 소리 없이 흐르는 강물 속에도 은은한 빛을 반사하고 있었다. 병산에 에워싸여 끊임없이 이어지는 은빛 출렁임은 진주를 닮은 듯 요요히 빛났다. 작은 샘에서 시작하여 시내를 이루고, 굽이굽이 강으로 모여 바다를 향해 장대한 열정과 소망을 가진 낙동강의 물줄기, 그 열망을 안으로 끌어들여 조용히 침잠하는 모습은 순리에 거역하지 않고 자신을 지켜나가는 달인의 모습이었다. 게다가 가냘픈 계곡 그림자를 품에 안고 달빛을 받으며 흐르는 강물은 기품 있고 유유자적한 선비들의 성정 같았다.

         – 「달빛 속의 병산서원(屛山書院)」 중에서

  병산서원(屛山書院)은 경북 안동에 있는 조선시대 5대 서원의 하나로 우리나라에서 가장 아름다운 건축사의 백미로 꼽힌다. 그 앞에는 굽이쳐 흐르는 낙동강이 있고, 고즈넉한 기품을 담은 만대루가 있어 사시사철 다른 색의 옷을 갈아입는 자연의 넉넉함을 바라볼 수가 있는 곳이다.

  구자인혜는 그곳 만대루에서 병산에 떠오른 보름달을 보고 풍경을 감칠맛 나게 묘사하면서 그들의 풍경과 깊은 교감을 한다. 곧 "바다를 향해 장대한 열정과 소망을 가진 낙동강의 물줄기, 그 열망을 안으로 끌어들여 조용히 침잠하는 모습"이야말로 "순리에 거역하지 않고 자신을 지켜나가는 달인의 모습"이고, 나아가 "가냘픈 계곡 그림자를 품에 안고 달빛을 받으며 흐르는 강물은 기품 있고 유유자적한 선비들의 성정 같았다"라고 하면서 성숙한 자의 삶의 의미와 옛 선비의 자질을 찾아낸다.

  진열장에는 어느새 바다가 들어와 출렁거린다. 바람에 파도가 일렁이기도 하고, 때론 바다에서 하얀 선을 그으며 어디론가 떠나는 배도 눈에 들어온다. 아스라이 있는 듯 없는 듯 작은 섬도 보인다. 그뿐인가. 유리창 바로 앞의 푸른 전나무 가지들도 연적을 어루만지며 바람에 흔들린다.

  (중략)

이 연적은 얼굴 가운데 혹은 몸의 정면에 적나라하게 구멍을 드러낸다. 그 모습은 질박하면서도 거칠고, 두툼하면서도 메마른 촌부의 상처 난 손바닥을 닮아 있다. 마치 새벽에 들일을 나가 거친 일을 하며 하루를 보내는 시골 아낙네의 이미지다. 시골의 아낙네들은 씨앗을 뿌리는 철과 거두는 철의 변화에 몸을 맡기고 살아간다. 자신이 힘들여 노력한 만큼 수확을 거둘 때에야 비로소 기쁨의 미소를 짓는다. 자연과 조화된 삶을 빛나게 하는 순박한 미소. 마치 백자연적의 소박함은 바다 그림자 속에서 맑고 그윽한 미소로 웃는 아낙네의 모습을 되살린다.

– 「바다 위의 연적(硯滴)」 중에서

「바다 위의 연적(硯滴)」은 바다가 내려다보이는 인천시립미술관에서 해설사로 있는 동안 백자연적에 매료되어 쓴 글이다. 아마도 백자연적 너머로는 인천 앞바다가 펼쳐 있는 듯한데, 묘사가 너무 발랄하고 생동감이 넘쳐흐른다.

"진열장에는 어느새 바다가 들어와 출렁거린다. 바람에 파도가 일렁이기도 하고, 때론 바다에서 하얀 선을 그으며 어디론가 떠나는 배도 눈에 들어온다. 아스라이 있는 듯 없는 듯 작은 섬도 보인다. 그뿐인가. 유리창 바로 앞의 푸른 전나무 가지들도 연적을 어루만지며 바람에 흔들린다"라는 묘사에서 보듯 얼마나 환상적인가.

나아가 그녀는 여기에서 백자연적의 토속적 기품을 찾아낸다. 곧 백자연적이 마치 '질박하면서도 두툼한 촌부의 상처 난 손바닥' 과 같다는 것이다. 이 손바닥의 이미지는 그의 토속적 상상력으로 더욱 발전한다. 시골 아낙네들의 손길이란 철에 따라 거칠게 일을 해야 힘들여 노력한 만큼 수확을 거두는 것. 그 결실을 본 아낙네의 순박한 기쁨의 미소가 곧 소박한 백자연적이라는 등식이다. 여기에 바다의 넉넉한 물결 이미지를 그려냈으니 얼마나 아름다운가.

그는 여기에 연적의 생리를 적용한다. "단순히 몸 한쪽으로 물을 받아들이고 다른 한쪽으로 내어놓는 것이 아니라 자신의 몸에 담아놓고 양을 조절해가며 적당히 내놓는" 것이 연적의 속성이란다. 그러다가 이 장면에 이르면 극치를 이룬다. "고달픈 삶을 숙명으로 받아들이고 순백의 마음으로 포용하는 아낙네처럼 연적도 파도가 출렁이는 바다를 온몸으로 받아들여 마시고 토해내는 모습"을 보여준다는 것이다.

자연 속의 한 송이 꽃도 햇빛, 바람, 비가 함께 수고를 아끼지 않아야 아름다운 꽃이 핀다. 수틀의 꽃도 정성이 들어가야 생명력 있는 형체를 얻는다. 천을 팽팽히 잡아당기고 한 땀 한 땀을 신중히 놓으며 바늘이 들어오고 나가는 위치가 정확해야 한다. 수실의 색과 수법이 조화로워야 완성되었을 때 우아하고 품위 있는 자태가 드러난다.

(중략)

씨앗수를 놓은 후, 바늘을 뒤로 뽑아 매듭을 짓는다. 완성된 수틀에는 두 송이의 꽃이 마주 보고 있다. 화려한 자태는 아니어도 무난하고 자연스럽다. 딸아이의 얼굴은 만족감으로 보름달같이 환하다. 성희(誠嬉). 정성 성, 아름다울 희 자를 쓰는 아이. 그 아이가 활짝 웃는다. 아이가 잡고 있는 수틀 속의 꽃도 활짝 피어 웃는다.

– 「성희」 중에서

작품 「성희」에서의 '성희'는 큰딸아이의 이름이다. 6학년 때 특활 활동으로 수예반에 든 딸아이의 과제를 같이 하면서 쓴 글인 듯하다.

전반부에는 의미 부여의 통찰의식이, 후반부에서는 수예를 놓는 의인적 묘사가 정감 있게 그려지고 있다. 요즈음 수를 놓는 사람이 어디 있겠는가마는 옛날 여고 시절을 거친 여성들이라면 누구나 의무적으로 수예를 배웠다. 수틀을 품고 하나하나 수실 바늘로 꽂이며 학이며 형체를 그려가는 여인네의 모습은 얼마나 아름다운가.

그녀가 말했듯이 "바늘은 무에서 유를 만들기 위해 태어난 전사"처럼 새로운 세계를 창조하기도 하고, 꿈 많은 인생을 설계해내는 그림이었던 것이다. 여기에서 그녀는 "수고를 아끼지 않아야 아름다운 꽃이 핀다" 그리고 "수틀의 꽃도 정성이 들어가야 생명력 있는 형체를 얻어낼 수 있다"는 통찰의 논리를 끄집어낸다. 그리고 그 수를 놓은 자리에서 활짝 웃는 사랑스런 딸아이를 발견해낸다.

사람들은 나름대로 행복이라는 블록을 쌓고 있다. 쌓아올린 블록 위에서 넉넉하고 푸근하게 살아가기 위해 남들보다 더 노력을 한다. 원래 행복이란 단어의 품사는 명사가 아니라 동사였다고 한다. 행복은 완성된 개체가 아니고 만들어나가야 하는 움직임이다. 주어지는 것이 아니라 오로지 본인이 달려가 성취하며 느끼는 체험이야말로 진정한 행복인 것이다.

아들이 쌓아놓은 베란다의 오래된 블록에서 보람된 삶을 가꾸는 할머니 세대의 자화상을 본다. 내가 늙어서 쌓고 있는 블록이 어떤 모양으로 만들어질지도 생각해보았다. 오늘 내가 쌓는 블록은 편안한 주부의 모습으로, 집 안을 채우는 온기로, 현관을 들어설 때 느껴지는 정갈함으로 아름다움을 나타낼 것이다.

- 「블록 쌓기」 중에서

「블록 쌓기」에서는 아들이 베란다에 쌓아놓은 플라스틱 블록을 보고 쓴 글이다. 베란다에는 빨간 지붕, 야자수가 있는 정원, 풀장과 썬텐을 하는 사람들, 그리고 자동차들이 놓여 있는 블록이 있다.

필자는 이런 블록을 쌓아가는 과정이야말로 "자신을 완성시키는 일"과 흡사하며, 자신이 "이루고 싶은 모습이 어떤 것인지 마음속에 설계해놓고 정진"해야 하는 일임을 말한다. 그래서 '행복한 블록 쌓기'는 명사가 아닌 동사로, "완성된 개체가 아니고 만들어나가야 하는 움직임"을 통찰한다. 그리고 그는 그곳에서 계속 정진해 나가야만 하는 자신의 자화상까지 발견한다.

의미 부여의 통찰의식은 문학의 본령이다. 문학은 일상에 언어적 의미를 부여하는 작업이 아닌가. 과연 아름다움의 실체, 예술작품의 본질적 가치는 어디에서 오는가. 관습적이고 고착된, 고정관념의 잣대로 보는 데서 문학의 새로움은 탄생할 수 없다. 바로 기존의 보편적이고 일상적인 의미를 해체하거나 낯설게 보게 될 때, 문학은 예술성과 문학성을 확보할 수 있다. 자크 데리다(Jacques Derrida, 1930~2004)나 질 들뢰즈(Gilles Deleuze, 1925~1995)의 해체적이고 전복적인 미학 이론까지는 못 가더라도, 무엇인가 기존의 의미를 뒤엎고 대상의 새로운 발견을 위해 의미를 탐구해가는 노력은 필히 작가가 지녀야 할 미덕이기도 하다.

이러한 관점에서 「나의 Pride」는 그런 낯설게 보기, 새로운 의미 부여의 가능성을 보여주는 작품이다.

한 달 전 나는 그와 이별했다. 많은 만남과 헤어짐이 있었지만 그와의 헤어짐은 아주 특별했다. 그는 내게 가족만큼이나 소중한 의미를 지녔었다. 1990년 세상에 처음 나온 그가 우리 가족을 만났으니 열 몇 해가 되는 셈이다. 그는 열 살이 조금 넘었지만 생각은 신중하고 행동은 침착했다.

처음 그를 만나던 날, 그는 꼭 필요한 부분만을 취하여 작고 단단했다. 구름처럼 쉽게 눈에 띄거나 존재감을 나타내지도, 비처럼 강렬하고 감각적이지도 않았다. 형태가 있는 것도 같고 없는 것도 같은 밤안개 색의 옷을 입은 그는, 물오른 소녀의 홍조 띤 얼굴처럼 매끈했다.

– 「나의 Pride」 중에서

위의 글은 한동안 유행했던 Pride라는 자동차를 의인화하여 의미 부여의 시각으로 씌어졌다. 자동차는 애마(愛馬)와 같은 것. 늘 일상을 같이하면서 희로애락을 함께한 동반자이다. 그런데 이제는 수명이 다하여 폐차를 단행해야 할 처지가 된 것. 그래서 필자는 "자신만의 단아한 삶을 살다가 조용히 생을 마감하는 것처럼 아름다운 일이 또 있을까" 하고 그의 운명을 안타까워하고, 나아가 "사라진 이는 바람으로 와서 바람으로 간 듯해도 남아 있는 이들에게는 그 빈자리가 여운을 주기 마련이다"라며 아련한 아쉬움을 토해낸다.

이러한 의미 부여는 또 다른 작품인 「길몽」에서도 드러나는데, 하찮고 보잘것없는 미물인 '바퀴벌레 새끼'의 이미지를 통해서 '새로운 부부관계의 출발을 예고' 하는 의미로 엮어나간다.

우리 주변에 수필은 많아도 좋은 수필은 드물다. 수필을 쓰는 작가는 시인이나 소설가보다도 품위 있는 인격과 인문학적 소양이 요구된다. 교양이 바탕을 이루어야 한다. 나아가 늘 생각이 깨어 있으면서 마음을 갈고닦아야 하는 것이 수필가의 운명이다. 그래야 깊은 산속의 샘물처럼 영혼까지 맑게 해주는 감동적인 글을 쓸 수 있다.

불광불급(不狂不及)이라는 말이 있다. "미치지 않으면 그 경지에 도달할 수 없다"는 것인데, 이런 수필가가 되기 위해서는 남보다 많이 읽고, 깊게 생각하고, 더 많이 쓰고, 남들이 발견하지 못한 세계까지 파고 들어가는 노력이 필요하다. 간간이 그녀의 수필에서 이런 노력과 체취가 발견된다.

비단 수필 작가뿐 아니라, 일반 사람들도 올바른 가치관과 남다른 식견을 가져야 할 것이다. 그렇게 되기 위해서는 누구나 늘 자아성찰과 통찰의식을 갖고 살아야 한다. 하지만 일반인과 수필가는 무엇인가 달라야 하고, 또 독자는 그런 것을 요구한다. 한마디로 붓 가는 대로 쓰는 것이 수필이 아니라는 것. 수필가는 그 누구보다도 넓게 보고, 깊게 보는 독창적 안목이 필요하다는 것이다. 여기에서 우리는 구자인혜의 수필 정신과 수필 미학을 만난다.

마주보는 것도, 한곳을 쳐다보는 것도,

사랑이라는 단어 앞에서는 모두 수사학적 언어일 뿐이란 생각이 들었다.

그가 어디를 쳐다보건 무슨 문제가 되랴.

한 공간에서 그가 숨을 쉬고 내가 숨을 쉬고 있다는 것처럼

의미 있고 감사한 일이 또 있을까.